Le temps d’une allumette

Agathe Chenevez

Le temps d'une allumette

Éditions
de La Martinière

ISBN : 978-2-7324-9465-4

À ma famille de musique
Aux petits malades
Au Paris des artistes
Aux toits de Notre-Dame

Sur le sommet de la galerie la plus élevée,
plus haut que la rosace centrale,
il y avait une grande flamme
qui montait entre les deux clochers
avec des tourbillons d'étincelles,
une grande flamme désordonnée et furieuse
dont le vent emportait par moments
un lambeau dans la fumée.

Victor Hugo, *Notre-Dame de Paris*

Et je crois qu'on fait la même erreur pour la vie.
Nous oublions que la vie est fragile, friable, éphémère.
Nous faisons tous semblant d'être immortels.

Éric-Emmanuel Schmitt, *Oscar et la dame rose*

Ce secret de la vie coïncide avec celui de l'art.

Albert Camus, *Discours de Suède*

Et, s'il vous arrive de passer par là,
je vous en supplie, ne vous pressez pas,
attendez un peu juste sous l'étoile !
Si alors un enfant vient à vous,
s'il rit, s'il a des cheveux d'or,
s'il ne répond pas quand on l'interroge,
vous devinerez bien qui il est.
Alors soyez gentils !
Ne me laissez pas tellement triste :
écrivez-moi vite qu'il est revenu…

Antoine de Saint-Exupéry, *Le Petit Prince*

Personnages

Gabriel (10 ans)
Philippe et Mathilde Berger, ses parents (35 ans)
Les peintres du Tertre, dont Fred (28 ans)
Le musicien du métro
Camille, jeune pianiste de la gare Saint-Lazare (25 ans)
Stella, mendiante au pied de Notre-Dame
Le docteur Antoine
Le peuple de Paris
L'orchestre
Le chœur
Une dame
Mademoiselle
Poeta, l'âme de Paris

Acte I

Scène 1

Gabriel, Fred, les peintres

Place du Tertre, premier matin du printemps ensoleillé. Les peintres installent leurs chevalets, certains peignent déjà. Gabriel, les mains dans les poches de son manteau, observe le travail de l'un d'entre eux, par-dessus son épaule. Il porte un bonnet de laine bleue, des souliers de cuir usés qu'il frotte, par intermittence, contre le pavé.

FRED

Sans détacher les yeux de sa toile.

C'est toi, petit ? *Pas de réponse.*

Tu peux dessiner à côté de moi, si tu veux. Je t'ai apporté une petite chaise. *L'enfant ne bouge pas.*

Tiens, regarde, j'ai mis ces pigments de côté pour toi ; je les ai mélangés tout à l'heure mais les couleurs ne vont pas. La butte aurait été trop foncée pour une aurore. *Silence. Fred continue de peindre.*

Tu ne les prends pas ? *Silence.*

GABRIEL

Très calme.

Je vais mourir.

FRED

Dont le pinceau se suspend.

Il se retourne vers le garçon, et, vivement :

Qu'est-ce que tu racontes, Archangelo ?

GABRIEL

Qui le regarde droit dans les yeux.

Maman l'a dit. C'est vrai.

FRED

Après avoir réfléchi un moment, s'ébouriffe les cheveux.

Moi aussi, je vais mourir, un jour.

GABRIEL

Je sais. Papa aussi, et Maman aussi. Mais moi, ce n'est pas la même chose. Je vais mourir bientôt.

FRED

Gêné.

Il ne faut pas dire ça, p'tit gars...

GABRIEL

Tristement.

Alors, tu es comme Papa, tu ne vois rien. Vous, les adultes, vous ne comprenez pas.

Hier soir, Maman a pleuré dans les bras de Papa. Elle lui disait que c'était sûr, que bientôt, *je partirais*. J'ai d'abord cru qu'elle voulait m'envoyer en vacances chez Bon-Papa et Bonne-Maman, mais elle a dit ensuite que c'était le médecin qui lui avait parlé, et moi, j'ai compris. Alors mon papa s'est énervé, il répétait

Que ce n'était pas vrai, qu'il ne fallait pas dire des choses si graves qui font mal, que *j'étais encore là*, et que le docteur était un menteur et un incompétent, comme toute la société, d'ailleurs.

Pourtant c'est bien lui qui mentait.

Je ne comprends pas pourquoi ils ne disent pas les mots. Moi, je sais bien que je ne vais pas *m'en aller,* mais que je vais mourir. Ce n'est pas grave.

Ils pensaient que j'étais couché, mais je n'arrivais pas à m'endormir. Je voulais les rejoindre à la cuisine pour que Maman me raconte encore l'histoire de la petite fille aux allumettes, mais je l'ai entendue pleurer. Je suis resté caché derrière la porte.

FRED

Bouleversé.

Gabriel, tu es triste ?

GABRIEL

Un peu. S'ils me l'avaient dit, j'aurais pu consoler Maman et demander à Papa de ne pas la gronder, parce que ce n'est pas grave.

FRED

Qui l'attire contre lui.

Mon petit vieux, qu'est-ce que je vais devenir sans toi ?

Tu n'as pas le droit de t'en aller comme ça ! Qui mélangera mes couleurs au coucher du soleil ? Qui me dira quand ce n'est pas assez beau, pas assez vrai ou pas assez joyeux ? Quand ma peinture a l'air d'un « dessin de maternelle » ?

GABRIEL

Rit, se dégage doucement.

Et pourquoi est-ce que je n'ai pas le droit ?
Puisque je ne vais pas m'en aller,
Puisque je vais mourir ! Tu as peur de le dire ? Moi, ça me fait peur, mais je le dis.

Quand j'étais petit, Maman m'a appris qu'il fallait toujours dire la vérité. *Il montre du doigt la toile en cours de Fred.*

C'est joli. Mais pourquoi tu ne dessines pas les pigeons, là, devant l'entrée de la basilique ?

FRED

Haussant les épaules.

Oh, ça ne ferait pas bien sur mon tableau. Ça n'est pas très propre, un pigeon.

GABRIEL

Oui, mais c'est vivant. Sans les pigeons, tu peins autre chose que Montmartre.

FRED

Amusé.

Voyons ! Regarde mieux, c'est bien notre Sacré-Cœur.

GABRIEL

Mais, puisque les pigeons n'y sont pas ! C'est un rêve, que tu dessines. Les rêves refusent les petits points noirs. Comme dans les belles histoires où tout finit très bien : on fait comme si le noir n'existait pas. *Il soupire.*

Moi, je ne trouve pas que ces histoires-là soient belles, puisqu'elles ne peuvent pas être vraies. Je préfère *La Petite Fille aux allumettes.*

Sur un ton suppliant : Dis, Fred, tu peux me la dessiner la petite fille aux allumettes ? S'il te plaît !

FRED

D'accord, Archangelo, d'accord. Mais avant, veux-tu me faire un cadeau ? J'aimerais te dessiner, pour t'emporter partout avec moi.

GABRIEL

Illuminé.

Si c'est un cadeau pour toi, alors, je veux bien ! Puisque tu es mon meilleur ami. N'est-ce pas, Fred, que tu es mon meilleur ami ?

FRED

Qui lui donne une bourrade dans le dos.

Bien sûr, vieux ! Je serai toujours là pour toi. D'accord ? *L'enfant lui rend sa tape dans le dos. Le jeune peintre se masse douloureusement les côtes.* Tu progresses, Brin de blé ! Presque un homme, pas vrai ? *Gabriel acquiesce, mais il s'est assombri.*

Hé, Gabriel ? Ça ne va pas ? *L'enfant, sans mot dire, retire son bonnet, dévoilant son petit crâne chauve. Des larmes coulent silencieusement de ses yeux.*

Brin de blé ! *Il sèche les larmes de l'enfant.* Qu'est-ce qu'ils t'ont fait, là-bas ? Où se sont-ils envolés, tes jolis cheveux d'or ? Allez, ils repousseront, tu sais. Plus beaux qu'avant. Mon petit ange !

GABRIEL

Entre deux sanglots.

Je… je ne serai plus ton brin de… de blé, puisque… je n'ai plus des cheveux couleur d'é… d'étoiles. *Il renifle.*

FRED

Qui le saisit par les épaules,
le regardant droit dans les yeux.

Tu seras toujours Brin de blé, Gabriel, tu entends ? Avec ou sans cheveux, tu leur ressembles, aux anges

Aux anges sur les tableaux,
Et même, à mes yeux, tu es encore plus beau,
Puisque tu es mon ami. Et moi, sous toutes les pluies,
Je ne cesserai pas de te dessiner des couleurs, et la vie !
La vie sur les soleils que tu mélanges. C'est bête ! Je voudrais peindre aussi
Les mots que tu m'as dits…

GABRIEL

Dont le chagrin s'apaise.

… et la petite fille aux allumettes ?

FRED

Acquiesçant résolument.

Et la petite fille aux allumettes !

Un silence. L'enfant hésite, avant de demander :

GABRIEL

Alors, tu vas me dessiner avec mes cheveux ? Parce que sinon, ça ne fera pas bien, sur ton tableau ? Comme les pigeons ?

FRED

Surpris, regarde un long moment
le petit garçon suspendu à sa lèvre, puis,
serrant le poing et la mâchoire :

Non, Archangelo. Je vais te peindre comme ça, tel que tu es. Parce que tu n'as jamais été si beau que ce matin. Tope là ? *Il tend sa paume ouverte.*

GABRIEL

Tout joyeux, lui tape dans la main.

D'acc !

Scène 2

Les mêmes, Poeta

À l'arrière-plan, Fred est en train de peindre Gabriel dans le plus grand silence. L'enfant, de temps à autre, se trémousse sur sa chaise. Il imite quelquefois les gestes du peintre en griffonnant des couleurs sur une feuille de papier. Poeta entre sur la pointe des pieds, et les regarde avec amour. Elle s'avance au-devant de la scène.

POETA

Regardez-les, mes deux enfants ! Regardez-les qui rient,

Qui peignent simplement ! Regardez-les créer au cœur de Paris

Qui les berce, qui les regarde et tendrement, qui leur sourit,

Puisque Paris, c'est moi ! Puisque je suis son âme, et puisque l'on m'oublie. Sauf quelques-uns, peut-être, qui œuvrent avec moi,

Au nom de la Beauté, d'une beauté, souffle teinté des chansons qui l'habitent, et de son timbre et de ses tons variés, uniques, entremêlés, qui ressemblent à mes fils, à mes filles tant aimés !

Voyez le peintre et le petit garçon. Voyez l'enfant qui vit, qui souffre et qui respire avec son cœur, pendant que l'homme tranquillement se plaît

À saisir son sourire, à son diapason. Un sourire,

Sourire de Gabriel,

La petite fossette qui se dessine aussi quand l'enfant va pleurer. Peintre, as-tu posé sur la toile abîmée par le vent ce que j'ai vu dans son regard, depuis la lame bleu-vert qui vous retourne l'âme,

Ce que j'ai vu ; la peine, et quelquefois, sans noms, ces monts de gravité ?

Cet enfant, c'est ma grâce, fragile, ma clarté, et voilà que bientôt,

On va me l'arracher. Cet enfant, c'est mon cri ! Mon combat, ma fierté, mon chagrin maintenant. Cet enfant !

Quand je le vois courir au pied de Notre-Dame, je lui ouvre les tours de mes deux bras immenses ; il accourt près de moi, il se retourne encore.

Une dernière fois. Dernière, avant demain. Avant d'y retourner. Mon Dieu ! Jamais plus, non, jamais. Je ne veux plus l'y voir entrer ! L'Hôtel-Dieu lui fait peur, et moi, je n'y peux rien, je veux le consoler de cet endroit si dur.

Le consoler, entre mes bras de pierre et de sculptures, étreinte enracinée d'histoire, à la mesure

Des siècles entrelacés ! Des siècles, et de l'amour qui dure que je leur ai porté depuis mon ciel, amour

Que les artistes seuls ont su apprivoiser ! Amour qu'ils ont donné au peuple ancré dedans ma terre, dessous la ville

D'espoir et de lumières

Que je demeure à jamais dans leur cœur. Pourvu qu'ils se souviennent ! Et qu'ils disent mon nom ! Pourvu qu'ils me retiennent.

Car je suis Poeta, la muse parisienne, ardente, pauvre, noble et militante, et je les aime et les protège et les étonne

Depuis l'honneur de mes tableaux ! Depuis mes *forte,* mes *piano* ! Depuis mes rues entrecroisées, souffrantes, mes pierres éternelles, vivantes, et même, dévalant mes collines,

Depuis mes escaliers !

Mon petit Gabriel est monté, ce matin, sur le haut de la butte, car ce sommet curieux du Paris des artistes

C'est mon refuge à moi, ainsi que Notre-Dame, c'est le port douloureux où je fuis loin des bruits, en bas ; les gens qui courent, tristes

Et les mains qui consomment

Plutôt que de créer. Ce petit me remplit de bonheur et de paix car, il sait ! Il sait ce qui compte pour jamais, et ce qui a compté dans Paris,

Il a compris les maux de la beauté qui donne !

Les pigments et les sons légers comme la brise,

Les rêves sur les nuits,

Le soleil sur les ponts, la voûte qui résonne

L'ode qu'elle a reprise,

La scène et puis la toile, la pierre, et la chanson,

La pause et puis la ronde

Entre les partitions,

Qui élèvent les hommes, et par-dessus leur cri, embrasse pour toujours l'aveu de leur folie !

Et leurs chimères, et leurs chagrins contrits.

Voyez, ce petit être au bonnet bleu, dont le cœur est si faible et se bat pour survivre, dont le corps humilié ne pourra plus monter, bientôt, peut-être, au Sacré-Cœur qu'il aime

Et sur le tertre aimé,

Mon ange blond qui craint la mort, et blême,
Qui continue d'apprendre et de s'émerveiller !
Il faut, petit garçon, qu'avant de t'en aller, tu effleures Paris comme tu m'as touchée ! Que tu enseignes au bruit la grâce de se taire,
Le calme à ce qui gronde,
À la vitesse, à l'œil, l'audace d'observer,
Le temps de demeurer pour contempler un monde ;
Cette liberté parfois de s'arrêter un peu.

Mes monuments sourient, Gabriel, de te voir leur parler, de t'entendre qui rêve, comme eux,
De t'étirer jusqu'aux étoiles et même,
Quand la pluie tombe, oui, de les consoler !
Mon ange au bonnet bleu, sèche tes larmes d'or, car, un jour, un jour, oui !
Tu retrouveras tes cheveux ! Et puisqu'on me délaisse,
C'est de toi maintenant que je vais m'occuper, car en toi, je saurai bien saisir, sous la fibre malade, et par ce battement qui a su ralentir, le trésor innocent des purs, la beauté qui accepte de se consumer ! De se faire cendre pour toucher
Pour brûler à nouveau, et sans cesse, et quand même

Ta vie ne pourrait plus, sur la terre, poser mille questions que les adultes craignent ! Je peindrai sur Paris la pureté, le rêve, la maladie de mon bel enfant blond qui n'a plus ses cheveux,

Et qui pleure, et qui rit, parce qu'au fond, *ce n'est pas grave.* Parce que c'est la vie. Et que la vie, c'est ce qu'il y a de mieux.

Voyez le souffle court sous le bonnet de laine ! Voyez mon espérance et mon chant qui reviennent ! Regarde-les, Paris, mes deux enfants qui peignent,

L'un son ami fragile et l'autre, entre mes bras,

Sa peine, et ses jolis cheveux...

Scène 3

Philippe, Mathilde

Montmartre, dans le clair petit salon de la famille Berger. Le soleil de midi illumine la pièce, décorée avec une simplicité choisie, non dépourvue d'élégance. Par les fenêtres, on voit le toit du Sacré-Cœur surplombant le quartier. Philippe est caché derrière son journal, Mathilde passe son livre d'une main à l'autre, sans se résoudre à l'ouvrir. Elle finit par se lever, pose sa tasse encore pleine de café, s'empare d'un plumeau et époussette sans conviction les étagères, les livres, les bibelots.

MATHILDE

Phil ?

PHILIPPE

Qui ne lève pas le nez de son journal.

Hmm ?

MATHILDE

Tu devrais emmener ton fils à l'Hôtel-Dieu cet après-midi. Le docteur Antoine a demandé à revoir Gaby quelques jours après la chimio.

PHILIPPE

Abaissant son journal.

Tu ne peux pas y aller ?

MATHILDE

Avec douceur.

Je peux. Mais je me disais… que ce serait mieux, si c'était toi. Gabriel a besoin d'un moment avec son papa.

PHILIPPE

Ennuyé.

Ma chérie… Tu sais bien que c'est compliqué, avec ces réunions… J'ai déjà pris mon lundi après-midi pour aller à Necker, je ne peux pas déserter encore le mercredi. Tandis que toi, tu ne chantes pas ce soir…

MATHILDE

Phil… je crois que tu n'as pas bien compris. *Sa voix s'étrangle et, dans un sanglot :* Gabriel va mourir ! Et il a besoin de toi. Et tu as besoin de lui ! On dirait que tu fuis depuis qu'il est malade, que tu t'absentes, et moi,

Je sais pourquoi ! Tu as peur de souffrir quand il s'en ira. Tu ne veux pas que ton cœur s'attache à lui plus fort, oui, car tu sais

Qu'on te l'arrachera ! Tu râles contre la société, Philippe, mais tu refuses la souffrance de l'amour, comme elle ! Gabriel t'aime, c'est ton fils, et sous prétexte de le perdre,

Tu t'empêcherais de l'aimer ? Au moment où il a le plus besoin de nous ? Non, Phil, tu ne peux pas le laisser ! Et moi, toute seule… toute seule, je ne peux pas !

Moi aussi, j'ai peur, je pleure, je sais que je vais souffrir et j'ai mal, mais vois-tu, si je fuyais le cœur de ce petit garçon qui, tout malade qu'il est, insiste encore pour m'aider à plier le linge, « parce qu'il sait que cela fait plaisir à Maman », je mourrais de le perdre sans l'avoir aimé

Comme il mérite de l'être. Autant qu'un homme durant cent années de sa vie, et plus encore ! Plus de tendresse encore quand le temps est trop court, plus d'élan, plus d'amour ; autant que d'infini ! Chaque fois qu'il respire, que ce soit notre amour !

De l'amour, de l'humour, et ma main, et tes épaules fortes, et nos larmes, et nos rires

À son souffle trop court… *Elle s'effondre dans le canapé, la tête dans ses mains. Son mari, désemparé, s'assoit lentement à ses côtés. Il lui caresse les cheveux en silence pendant quelques secondes.*

Ne me laisse pas toute seule ! Ne me laisse pas toute seule…

PHILIPPE

Mathy ! Je ne te laisserai pas seule. Jamais, tu entends ? J'essaie d'oublier dans les paperasses et le boulot, parce que c'est dur. On fait ce qu'on peut… *Soupir.* Tu as raison, peut-être que j'ai peur de souffrir,

Tellement je l'aime, ce petit gars ! Il va mourir… Je ne supporte pas d'entendre ces mots-là, mes muscles se tendent, mes poings se serrent, parce que je le refuse, tiens ! *Il jette violemment son journal par terre.* Je ne peux pas le concevoir, mon cœur est sourd, sourd, parce que

Ce n'est pas juste, non ! Pas juste. J'ai besoin de temps, comme toi, mais je n'ai pas ton cœur, je n'ai pas sa mouvance ni son espace, sa propension à se laisser façonner,

Bouleverser par la vie. *Vivement.* Je ne suis qu'un homme, quoi ! Je n'y arrive pas ! *Mathilde a relevé la tête, elle lui presse fiévreusement la main.* Il faut que tu m'aides… Mais, tiens ! Je te promets que je vais l'aimer comme jamais, notre Gaby. Aujourd'hui, je ne peux pas me libérer – que dirait le patron ? – mais jeudi,

C'est d'accord. Je prends mon après-midi, et j'emmène mon fils n'importe où, où il voudra,

Rien que lui et moi. Tant pis pour l'école ! *Sa femme rit doucement.* On s'en fout, de l'école, pas vrai ?

MATHILDE

Oui, on s'en moque. Gabriel n'aime pas ça. Et puis, de toute façon, il s'y ennuie. *Dans un sanglot, elle poursuit :* Tu sais, je crois qu'il a quelque chose avec la musique… Tu devrais le voir, quand il reste à la maison, sur le petit tabouret de velours, face au bel instrument de bois…

Il pianote par-ci, par-là, sans partition, et c'est joli. C'est émouvant, même. Sans technique, au bout de ses doigts ;

Il y a déjà de l'élan. Oh ! De la mélancolie quelquefois, et puis, la petite espérance. Sans parler de sa voix. *Un silence.*

Celle d'un ange. *Philippe hausse les sourcils, elle sourit avec malice.* Un peu cliché, n'est-ce pas ?

Quand nous préparons le déjeuner, quand il dessine près de moi ou que je repasse près de lui, nous écoutons Mozart, Rossini, Bach ou Verdi… Et je t'assure, chéri, qu'à ces moments étranges, c'est magnifique ; on ne peut pas lui parler… Il s'échappe en musique, et pourtant, est étonnamment là, ancré dans le présent. Il ferme ses yeux clairs. Sa petite main blanche balance la mesure. Il se concentre et ce silence entre les notes, et cet amour,

C'est le plus grand moment que nous ayons tous deux.

PHILIPPE

Narquois.

Bah ! Tu ne crois pas que toute maman chanteuse verrait dans son enfant un petit Beethoven ?

MATHILDE

Gentiment.

Si tu étais plus souvent à la maison, mon amour, tu serais du même avis que moi…

Scène 4

Les mêmes, Gabriel

La sonnette retentit dans le petit salon-salle à manger.

PHILIPPE

Levant les yeux au ciel, amusé.

Gaby a encore oublié ses clefs… *Il se lève et lui ouvre.*

MATHILDE

Avec malice.

C'est bien le fils de son père…

PHILIPPE

Salut, mon fils !

GABRIEL

Papa ! *Il lui saute au cou.*

Tu es à la maison, mon papa ! *Son père, un peu crispé, finit par sourire et le serre contre lui. L'enfant embrasse ensuite sa mère.*
Maman !

MATHILDE

Mon grand !

PHILIPPE

Qui met son pardessus.

Bon, c'est pas tout ça, mes amours, mais moi, faut que j'y retourne. *Il les embrasse, puis, avant de refermer la porte :* Tu devrais enlever ton bonnet, Gabriel, il fait bon ici. *Il sort.*

GABRIEL

Qui fronce les sourcils.

J'ai pas envie de l'enlever.

MATHILDE

Se mettant à sa hauteur, gravement.

Je comprends. Comme tu voudras, mon chéri. *Puis, d'un ton enjoué :* Tu as pris des couleurs, ce matin ! Tu es monté voir les peintres ?

GABRIEL

Qui enfonce son bonnet sur sa tête, et, joyeusement :

Oui, ils peignaient presque tous le soleil ! J'aime bien le mercredi, quand il n'y a pas école.

MATHILDE

Je t'ai gardé du poulet à l'ananas. Tu dois avoir faim.

GABRIEL

Qui s'installe à table, et se tient très droit.

Oh, merci Maman ! Je te demande pardon de ne pas être rentré plus tôt, pour t'aider à la cuisine. *Son visage s'assombrit.* Et puis, Papa est déjà reparti. Pourquoi est-il rentré déjeuner, aujourd'hui ?

MATHILDE

Qui lui sert du poulet.

Il avait une réunion dans le quartier cet après-midi.

GABRIEL

J'aimerais bien, moi, qu'il soit plus souvent à la maison. Pourquoi est-ce qu'il n'a pas tous les jours

Des réunions dans le quartier ?

Pour toute réponse, Mathilde lui caresse les cheveux. Un silence. Pourrons-nous faire de la musique, Maman, cet après-midi ?

MATHILDE

Ce soir, mon Gaby. Cet après-midi, nous sommes attendus à l'Hôtel-Dieu, te souviens-tu ? Le docteur Antoine sera content de te revoir.

GABRIEL

Fermé, met le coude sur la table et la tête dans sa main.

Moi, je ne serai pas content du tout.

MATHILDE

Il t'aime beaucoup, tu sais. Tiens-toi bien, s'il te plaît. C'est important,

Cela montre que tu respectes ceux qui se trouvent autour de toi, et que tu te respectes toi-même, ce faisant.

GABRIEL

Qui se redresse.

Moi, je ne l'aime pas, le docteur. Il a de la barbe.

MATHILDE

Amusée.

Voyons, Gaby !

GABRIEL

Papa n'a pas de barbe, lui.

MATHILDE

Avec un clin d'œil.

Ton papa est le plus beau monsieur que je connaisse.

Ensuite, je t'emmènerai à Notre-Dame. Je te montrerai le chœur où je donnerai un concert vendredi. Veux-tu ?

GABRIEL

Bon, alors d'accord. *Un silence, Gabriel mange très proprement. Il sourit de temps en temps à sa maman qui le regarde, assise en face de lui.*

MATHILDE

Tu es très mignon, avec ce bonnet bleu.

GABRIEL

Ce n'est pas vrai. Je préférais avant, quand j'avais mes cheveux.

Dis, Maman, tu crois qu'ils repousseront un jour ?

MATHILDE

Après une hésitation.

Mais… bien sûr, mon chéri. Les cheveux repoussent toujours,
Et les tiens, ils seront
Encore plus beaux qu'avant. Plus blonds, oui, tout dorés,
Comme les blés des champs.

GABRIEL

Rassuré, se lève pour débarrasser puis revient.

Dis, Maman… puisque j'ai fini mon assiette, et puisque j'ai débarrassé, avant d'aller à Notre-Dame, veux-tu bien que l'on chante ?
Moi, j'aime la musique. On ne pense à rien, lorsque l'on joue
Un chant joli. On se sent bien.

MATHILDE

Qui s'installe au piano et caresse le clavier en regardant son fils.

Un chant que tu aimes bien ? *Elle introduit, légère, l'air préféré de son petit garçon. Gabriel hoche la tête avec bonheur. Il se redresse, à la manière d'un petit chanteur, et, les mains derrière le dos, le regard grave, il se met à chanter. Sa voix est pure, juste, ainsi que du cristal. Elle fait trembler Mathilde, qui, parfois, lève les yeux et laisse une larme à son piano.*

Scène 5

Gabriel, Mathilde, le musicien du métro, des Parisiens

Mathilde, dans son long manteau d'une sombre élégance, tient son fils par la main. Ils se dirigent vers une bouche de métro.

GABRIEL

C'est triste de prendre le métro quand il fait beau.

MATHILDE

Oui, mon chéri. Mais vois-tu, ce qui fait plus de peine encore, c'est qu'à l'intérieur,

Peu de gens portent le soleil dans leur cœur.

Alors, il fait gris, et pour quelques instants, le temps est nuageux. Pourtant,

Il suffirait d'un rire, s'il pleuvait dehors, pour que le soleil brille à nouveau et plus fort,

Dans les yeux, sur les lèvres, n'importe où que l'on soit.

Même dans le métro.

Ils attendent le métro, avec quelques personnes, sur le quai.

GABRIEL

Alors, c'est magique ! Le soleil peut apparaître quand on veut dans son cœur, en se concentrant bien ?

MATHILDE

Parfois, on a beau se concentrer, ses rayons se noient dans les grands chagrins de la vie. On a le sentiment que jamais le soleil ne viendra. C'est alors que l'on pense à l'hiver gris, aux arbres nus, au printemps qu'ils contiennent là,

Au plus profond de leur sève, et qui n'attend

Que le temps, sur la graine,

Pour se déployer à nouveau. Le printemps revient toujours, mon chéri. Mais il a besoin de temps.

GABRIEL

Le soleil aussi ? Même si le chagrin est terrible ?

MATHILDE

Hochant la tête dans un très beau sourire.

Même si le chagrin est terrible. Un chagrin, c'est beau, tu sais. Pourvu que l'on en fasse une chanson, une audace, un cadeau, un nouveau rêve,
Ou un joli tableau,
Avec amour,
Pour quelqu'un.

GABRIEL

Qui écarquille les yeux, et répète.

Alors, Maman, toi qui chantes tout le temps, tu as beaucoup de chagrins ?
Moi, j'aime bien chanter, pourtant, je ne suis pas triste.

MATHILDE

Lui caressant les cheveux.

On peut aussi chanter sa joie de vivre, comme toi. Autant qu'on peut chanter, peindre ou composer avec ses larmes.

GABRIEL

Même les grandes personnes ont du chagrin. Par contre, elles refusent de pleurer pour ne pas ressembler aux petits enfants. C'est bien vrai, dis, Maman ?

Mathilde le regarde avec surprise mais n'a pas le temps de lui répondre ; le métro arrive. Ils montent à l'intérieur. Un homme d'une cinquantaine d'années, non loin de Gabriel, sort son accordéon. Il est pauvrement vêtu et sourit à tout bout de champ.

GABRIEL

Qui tire sa maman par le bras.

Dis, Maman, tu as vu ! C'est un accordéon !

MATHILDE

Un peu gênée, sourit au musicien, qui lève son chapeau pour saluer Gabriel.

Allons, pas si fort, Gaby…

LE MUSICIEN

Gentiment.

Tu peux t'approcher pour le voir de plus près, si tu veux. *Gabriel hésite, il regarde sa maman qui finit par acquiescer. Il s'avance et s'assoit tout près du monsieur qui se met à jouer un vieil air français en chantant. Les gens, d'abord, ne prêtent pas attention à lui.*

Gabriel se lève pour chuchoter quelque chose à sa maman qui sourit et acquiesce encore. Il se met joyeusement à chanter avec l'homme, et bat la mesure comme un petit chef d'orchestre. Le jeu de celui-ci redouble de gaieté, et petit à petit, les Parisiens joignent leurs voix.

Les stations de la ligne 4 défilent, sans que personne n'y prête attention. Gare du Nord, Gare de l'Est, Château d'Eau, Strasbourg-Saint-Denis, Réaumur-Sébastopol, Étienne Marcel, Les Halles, Châtelet. De l'autre côté des vitres, la joie est palpable dans le petit wagon, on voit des curieux intrigués qui observent le garçon au bonnet bleu qui se balance d'un pied sur l'autre, imité par les autres enfants.

DES VOIX D'ENFANTS

Pêle-mêle

Encore ! Encore ! Moi aussi, je veux un bonnet bleu pour chanter ! Pour danser ! Pour être toujours joyeux !

LE MUSICIEN

Serrant vigoureusement la main du petit pendant que les gens, ravis, applaudissent.

Ce fut un honneur, *maestro* ! *Puis, soulevant son chapeau :* Toi, mon petit gars, tu as le rythme dans les veines !

L'harmonie dans la peau !

GABRIEL

Avec aplomb, pendant que sa maman, émue, donne une pièce au monsieur et qu'ils arrivent à la station Cité.

Moi, j'ai une maladie dans mes veines.

Et toi, tu as du soleil dans ton cœur.

Ils descendent de la rame. Gabriel fait au revoir de la main au monsieur qui le regarde aussi, et se retourne plusieurs fois avant que le métro ne reprenne sa course.

Acte II

Scène 1

Mathilde, Gabriel, le docteur Antoine

Debout près de la porte de son bureau, le docteur s'entretient avec Mathilde pendant que Gabriel, qui a ôté son bonnet, observe une petite vitrine où sont exposés divers objets scientifiques anciens. On n'entend pas les mots des adultes. Mathilde, très digne, semble imperméable au discours du docteur.

GABRIEL

Pétrissant confusément son petit bonnet bleu, s'adressant au public.

Je me demande bien ce qu'ils se disent.
Mais, je m'en fiche.
Je le sais. Puisqu'ils parlent de moi,
Et que je vais mourir. Mais eux ne savent pas que je sais.

Alors c'est moi qui suis plus fort. Plus fort. C'est moi. Je fais semblant de rien, parce que je sais

Que ça ferait de la peine à Maman, qui craint si fort de me causer du chagrin. Je crois tout de même que, si j'étais un papa, et que mon petit garçon allait mourir, je lui dirais la vérité. Parce que,

Ce n'est pas grave. Mais peut-être que ce ne serait pas une bonne idée. Parce que, lorsque l'on sait que l'on va mourir, on ne voit plus rien pareil, tout change. La vie paraît tellement, tellement plus belle.

Les gens semblent tellement, tellement plus beaux.

Et puis on s'aperçoit qu'on ne sait pas ce que cela veut dire, « mourir ». Mais les grandes personnes, elles, savent encore moins que moi, puisqu'elles parlent de « partir » ou de « s'en aller », sans jamais dire où.

Si je n'avais pas entendu Maman pleurer, ce matin, à cause de moi, peut-être que j'aurais été moins triste ? Si je n'avais pas compris que j'allais bientôt – *il mime les guillemets* – « partir », est-ce que j'aurais été plus heureux ? Vous pensez, vous, que j'aurais été plus heureux ?

Est-ce que c'est possible, d'être plus heureux que ça ? C'est vrai que je n'aime pas beaucoup le docteur qui me demande toujours comment je vais,

Alors qu'il sait très bien *comment je ne vais pas*. Et puis, à la fin, il me propose un bonbon, alors que c'est mauvais pour la santé. Moi, je le prends pour ne pas lui faire de peine, et pour être bien poli, parce que cela montre que je le respecte.

C'est vrai aussi que j'aimerais bien voir Papa plus souvent.

Mais il fait beau, et puis il y a Fred et le monsieur du métro qui avait du soleil plein les yeux. Et puis je chante avec Maman, ça suffit pour oublier quand j'ai mal.

Alors je ne pense pas que j'aurais été plus heureux. Et puis, c'est moi qui suis malade, c'est mon corps qui sait quand je vais mourir ; il m'aurait prévenu, lui.

Je ne comprends pas pourquoi ils pensent que je l'ignore,

Puisque de toute façon, celui qui sait, c'est mon corps. Et que mon corps, c'est moi.

Mon corps qui est malade.

Et que je soigne avec mon cœur parce que lui, il va très bien, mon cœur. Je ne le laisserai jamais prendre froid.

Comme le monsieur qui jouait le soleil sur son accordéon.

LE DOCTEUR ANTOINE

Gabriel ! Tu peux venir, mon garçon. *L'enfant remet tranquillement son bonnet, puis s'approche de l'homme en blouse blanche.*

J'ai une bonne nouvelle pour toi. *Il s'abaisse à sa hauteur, lui met les deux mains sur les épaules, et, droit dans les yeux :*

À partir d'aujourd'hui, tu resteras à la maison.

GABRIEL

Incrédule.

Vrai ? Je vais dormir à la maison ? Tous les soirs ?

MATHILDE

Ravie, d'une voix émue.

Tous les soirs ! *Elle le serre contre elle.*

C'est fini, mon chéri, ces couloirs sans couleur.

LE DOCTEUR ANTOINE

Ému, lui aussi.

Oui, c'est fini, mon grand. Écoute-moi bien : si tu restes à la maison, il va falloir être fort et bien suivre mes instructions. Je peux compter sur toi, pas vrai, chef ?

GABRIEL

Acquiesçant vigoureusement.

Je suis grand.

LE DOCTEUR ANTOINE

Une de nos infirmières te rendra visite un tout petit moment par jour. Ce ne sera rien. Une petite piqûre de rien du tout.

GABRIEL

Ferme.

Ce n'est pas *rien*, si c'est une piqûre. Même petite.

C'est tout de même une piqûre.

Quelque chose qui fait mal.

LE DOCTEUR ANTOINE

Pris au dépourvu, se racle la gorge.

Je… Certes. Cela reste une piqûre. Mais tu es un homme, n'est-ce pas ?

GABRIEL

Très simplement.

Je ne suis pas encore un homme.

Je suis un grand garçon qui n'aime pas les piqûres.

Et je suis courageux.

LE DOCTEUR ANTOINE

De plus en plus surpris.

Bien, très bien… Où en étais-je ? Ah, oui. L'infirmière.

J'ai demandé à…

GABRIEL

L'interrompant.

Mademoiselle ?

LE DOCTEUR ANTOINE

Ahuri.

Pardon ?

MATHILDE

Gabriel parle de la jeune infirmière qui s'est occupée de lui lors de la chimio.

LE DOCTEUR ANTOINE

Se caressant le menton en souriant.

Je vois… C'est Angèle, notre petite stagiaire. Malheureusement, je crois qu'elle est d'astreinte à Necker, en ce moment.

GABRIEL

Suppliant.

Oh, je vous en prie ! Elle était si gentille, Mademoiselle.

LE DOCTEUR ANTOINE

Qui note sur son calepin.

Bon, bon. Je vais voir ce que je peux faire.

Il serre la main de Mathilde, les accompagne vers la sortie.

Au revoir, madame Berger. Au revoir, mon petit Gabriel.

MATHILDE

Au revoir, docteur. Tu viens, Gaby ?

GABRIEL

Qui lui tend vigoureusement la main.

Au revoir.

Il se retourne une dernière fois vers le médecin penché sur son travail, ils sortent.

Scène 2
Gabriel, Mathilde, Stella

Gabriel et sa maman sortent de l'Hôtel-Dieu et marchent vers Notre-Dame. Soudain, Mathilde s'arrête.

MATHILDE

Enfin ! Libres ! Sortis ! Respire, mon Gabriel, respire !
Nous voici libérés de cet endroit blêmi, confiné, sans couleur
Et sans arbres, et sans pluie,
Que celle des douleurs. Cet endroit qui soupire,
Où le poumon s'abîme en sa triste agonie, où le corps s'amenuise en de vaines prières,
Sans pouvoir dire, chanter la force de son cri !
Où le temps ralentit, trop pareil, trop amer,
Où les bonheurs s'en vont loin des mottes de terre, loin des oiseaux qui chantent la nature tranquille,

Loin des montagnes et de la mer, loin des collines où tremble, pour un homme, le premier souffle de la vie !

On s'en va, mon Gaby ! On s'en va

De ce lieu plein d'alarme, sans fleurs et sans parfum

Que celui des néons et de la naphtaline,

Et que celui des larmes.

Tu te rends compte ? Pas seulement le loisir

D'ouvrir une fenêtre ! « On pourrait se tuer ! »

Non plus celui de respirer ! « Pensez-vous ; les bactéries, bien sûr ! »

Tout ça, c'est terminé. Fini, l'industrie maladive sous toutes ses facettes ; plus de légumes trop cuits, plus d'andouillettes,

Fini l'endormissement sous toutes ses coutures !

Plus de fruits compotés ! Plus de mets transformés !

Plus d'arôme en purée, plus ces bouillies, ces mixtures,

Plus ces viandes trop molles ou semelles de chaussure !

Plus ces discours glacials, mielleux, trop mous, trop durs ;

Qu'on vous sert de bonne foi sur un plateau rangé, en toute honnêteté, en tout bien tout honneur, et toute la journée sous de jolis plastiques !

Gabriel rit de bon cœur.

Tu es heureux, mon chéri ? Nous n'irons plus à Duroc et Necker, c'est fini !

Tu restes à la maison ! *Elle prend son fils dans ses bras, le soulève presque de terre en pleurant de joie.*

GABRIEL

En riant.

Aïe ! Tu m'étouffes, Maman !

MATHILDE

Desserrant son étreinte.

Oh, pardon, mon Gaby, c'est vrai. C'est que je suis tellement contente,

De t'avoir tout à moi, désormais ! De te voir de retour, enfin, à la maison ! De retour,

Pour toujours. Plus d'attente !

C'est magnifique. Comme nous t'aimerons !

Non plus entre les mains trop blanches des gélules, de la chimie, des perfusions, des statistiques,

Mais dans les bras de tes parents !

GABRIEL

Moi aussi, je suis content. Mais, dis, pourquoi tu pleures, Maman ?

Puisque je ne mangerai maintenant plus de produits chimiques !

MATHILDE

Je pleure de joie, Gabriel, c'est de joie que je pleure ! Et non pas de tristesse, et non pas
De fatigue, oh ! Mais de bonheur !
À part. Et Dieu sait si pourtant j'ai des raisons ce soir
De pleurer de douleur quand je pense à demain.
Mais j'ignore demain, puisque aujourd'hui existe !
Puisque aujourd'hui c'est toi, mon fils, c'est moi sur ce parvis d'amour, d'Histoire
Et de conquête, puisque aujourd'hui, c'est nous !
Également heureux, semblablement petits devant elle, devant toi,
Notre-Dame !

GABRIEL

Tirant sa maman par la manche.

Dis, Maman, tu veux bien que l'on entre dans la cathédrale ? J'aimerais bien
Revoir la dame qui m'a souri devant la porte,
La dernière fois.

Elle m'a souri parce qu'elle était gentille, cette dame.

MATHILDE

Bien sûr, mon chéri, nous allons entrer,
Puisque je l'ai promis. Mais qui est cette dame dont tu me parles ? Je ne l'ai pas vue, l'autre jour quand nous sommes venus
Tous les deux,
Regarder les bougies brûler,
Comme chaque fois, consumer la beauté,
Quand nous sortons de l'Hôtel-Dieu.

GABRIEL

Surpris.

Tu ne l'as donc pas vue ? Mais Maman, elle était là pourtant, quand nous sommes entrés, assise toute seule,
Devant la porte immense, elle tenait
Un tout petit gobelet, tu sais, les mêmes que ceux de l'hôpital. Peut-être que la dame a été malade, elle aussi.
Elle était pâle,
Comme moi, l'autre jour, après Necker.
Et puis, elle est gentille, parce qu'elle donnait ses miettes

Aux pigeons gris qui volent près de la cathédrale.

Je crois bien, que c'est une grand-mère, car... *Il s'interrompt, puis, baissant la tête :* Elle a des cheveux qui brillent comme la lune.

MATHILDE

Confuse.

C'est vrai, Gabriel, je la vois qui mendie,

Tout là-bas, tranquillement assise contre le mur de pierre,

Comme elle doit avoir froid !

J'ai honte d'être passée la dernière fois

Sans la voir.

Tu as raison, mon Gaby, la voilà qui répand des morceaux de son pain aux oiseaux qui s'envolent,

Autour d'elle, regarde-les ! Vois comme ils s'amoncellent,

Autour de celle

Qui donne, au pied de Notre-Dame ! *Ils s'approchent de l'entrée où Stella est assise. Gabriel s'arrête soudain, à quelques mètres d'elle.*

GABRIEL

Je peux aller la voir ? Puisqu'elle m'avait souri !

MATHILDE

Qui sort son porte-monnaie.

Oui, Gabriel, nous allons lui donner une petite pièce, d'accord ?

GABRIEL

Qui fait la moue.

Ce n'est pas très joli, une pièce, et puis, c'est abîmé.

J'aimerais mieux lui donner mon goûter

Puisque je ne l'ai pas mangé encore ! Tu n'as pas oublié mon goûter, dis, Maman ? Je suis sûr qu'elle sera très contente,

Si je lui donne, comme un trésor !

N'est-ce pas, Maman,

Qu'elle le sera ?

MATHILDE

Touchée, caresse le bonnet de son fils et fouille dans son sac.

Tu as raison, mon chéri. Je suis persuadée que cela lui fera plaisir. *Elle lui tend son goûter enveloppé dans du papier.*

Tiens, le voilà.

Gabriel s'en saisit, tout joyeux, et se précipite vers Stella sans attendre sa maman qui s'approche timidement, comme en retrait, et regarde son fils, émerveillée.

GABRIEL

Se penchant vers Stella qui lui sourit gentiment.

Bonjour, madame. *La vieille femme ne répond pas mais sourit, et lui fait un signe de tête.*

Si vous voulez, je peux vous donner mon gâteau,

Parce qu'il est quatre heures et demie, et qu'on a toujours faim

Quand il est quatre heures et demie. *Il ouvre l'emballage et lui tend la pâtisserie.* Tenez ! Vous allez, voir, c'est délicieux,

Puisque c'est Maman qui l'a fait ! Elle cuisine très bien, ma maman, vous savez. *Stella le regarde, surprise, sans oser rien prendre. Gabriel poursuit, inquiet :*

Vous n'aimez pas le chocolat ? Moi, c'est ce que je préfère.

STELLA

D'une voix tremblante.

Merci, mon garçon, mais pourquoi me le donnes-tu,

Si c'est celui que tu préfères ?

Si tu me l'offres, tu n'en auras plus !

GABRIEL

Sincère.

Ce n'est pas grave, vous savez. Il y en a d'autres à la maison,

Et puis, cela me ferait de la peine de le garder, parce que

J'aime bien faire des cadeaux à mes amis.

Comme Fred qui me prête ses pinceaux, ou comme le monsieur du métro

Qui avait du soleil dans son cœur. Prenez, je vous en prie !

Cela me ferait tant plaisir ! Parce que ça voudrait dire

Que vous voulez bien être mon amie. Même si, maintenant,

Vous savez, je ne reviendrai plus ici pour soigner

Ma drôle de maladie. Alors c'est comme pour vous dire au revoir. Souvent, on fait des cadeaux pour se dire au revoir.

STELLA

Qui prend le goûter avec douceur.

Tu es très généreux, jeune homme. Alors adieu.

Que Dieu te bénisse, depuis sa cathédrale !

GABRIEL

Non, non, pas adieu, au revoir. Car c'est promis,

Je reviendrai vous voir. Même si c'est bien fini, l'Hôtel-Dieu !

Puisque le docteur l'a dit !

Puisque Maman est heureuse !

Puis subitement : C'est comment, votre nom, dites madame ?

STELLA

Qui n'en revient pas, amusée.

Stella. C'est mon nom. Et toi, comment tu t'appelles ?

GABRIEL

Moi, c'est Gabriel. *Il la regarde droit dans les yeux et lui tend sa petite main qu'elle presse chaleureusement, tremblante.*

Au revoir, madame Stella. *Il s'apprête à faire demi-tour puis, se ravise et se retourne pour une dernière question.*

Dis, Stella, est-ce que toi aussi, tu as été une petite fille aux allumettes ? *La vieille femme sourit, et pour toute réponse, sort de sa poche une boîte d'allumettes qu'elle offre au garçon.*

STELLA

Tiens, Gabriel, c'est pour toi. Parce que tu es mon sourire.

GABRIEL

Émerveillé.

Vrai ? Je peux la garder toujours ?

STELLA

Toujours.

GABRIEL

Sourit à Stella de toutes ses dents
et court jusqu'à sa maman.

Maman, regarde ! C'est une vraie petite fille aux allumettes qui me l'a donnée ! Elle s'appelle Stella.

MATHILDE

Qui a tout suivi, les larmes aux yeux, l'embrasse.

Gaby… *Elle s'abaisse à sa hauteur, cherche ses mots, lui caresse le visage, puis finalement :*

C'est bien, mon chéri. Maintenant, nous pouvons entrer
Dans Notre-Dame. Tu viens ?

GABRIEL

Elle s'appelle Stella... *Il précède sa maman dans la cathédrale. Celle-ci s'arrête devant Stella qui la regarde en souriant.*

MATHILDE

Donnant quelques pièces à la vieille femme.

J'aurais aimé vous donner plus, mais
C'est tout ce que j'ai sur moi.

STELLA

Merci, madame. Vous m'avez donné plus, bien plus que vous ne pensez.
Un ange tout à l'heure a passé
Sur ma misère qui tremblait.
Je n'ai plus froid, car il m'a réchauffé le cœur,
Cet ange...

MATHILDE

Oh ! Je n'y suis pour rien, vous savez. C'est lui qui m'apprend
Les grandes beautés toutes simples de la vie fragile,
Car, vous savez, ce petit... *Elle s'interrompt dans un sanglot.*

Il a une grave maladie. Alors, c'est peut-être pour ça qu'il ne craint pas de vivre.

STELLA

Vous parlez comme lui. Le cœur d'une maman traverse son petit, alors, oui ! Laissez-moi vous dire merci. *Mathilde sourit, puis rejoint Gabriel dans la cathédrale. Celui-ci se tient muet devant la* Pietà *du chœur qu'il ne se lasse pas de contempler. Sans se détourner, sentant sa maman debout à son côté, il murmure :*

GABRIEL

Ce n'est pas un prénom comme les autres, Stella. N'est-ce pas, Maman, que c'est joli ?

MATHILDE

Qui chuchote.

Oui, Gaby, ce n'est pas un prénom comme les autres.

Sais-tu ce que cela veut dire ? *Gabriel fait non de la tête, suspendu à ses mots. Un court silence.*

En latin, *stella* signifie « étoile ».

GABRIEL

Joyeusement, il crie presque dans la cathédrale.

Tiens, c'est drôle ! Elle avait les cheveux couleur de lune !
Et la lune connaît bien les étoiles.

MATHILDE

Qui rit doucement.

Pas si fort, Gabriel ! Entends comme les sons résonnent,
Entre ces murs de pierre.
C'est vrai, Stella portait en elle
Un ciel de nuit, son manteau étoilé
Sur son habit froissé par le temps des misères.
Silence.
Regarde, mon chéri ! C'est là, dans ce chœur magnifique,
Que Maman chantera vendredi. Oui, le *Laudate* !

Scène 3

Mathilde, Gabriel, Camille, les gens de la gare *puis* Philippe

Gare Saint-Lazare. On entend parfois l'annonce d'un train, étouffée par le brouhaha des allées et venues. Mathilde tient Gabriel par la main, dans le grand hall. Ils se dirigent vers les quais. Pendant ce temps, un peu plus loin, une jeune fille s'installe tranquillement à un piano entouré de quelques sièges. Elle caresse le clavier du doigt, sans jouer.

GABRIEL

Bougon.

Mais, pourquoi tu ne veux pas me dire
Où tu m'emmènes,
Dis, Maman ?

MATHILDE

Si je te le dis, Gabriel, ce ne sera plus une surprise…

GABRIEL

Qui boude.

J'aime pas les secrets. C'est pas drôle.

MATHILDE

Soupirant.

Un peu de patience, mon chéri. Si tu continues de râler,

Tu perdras quelques riens de ton instant présent,

Des riens qui sont comme des touts, mais plus discrets,

Peut-être ; et même, plus importants.

Et perdre ces instants, « ce n'est pas drôle », c'est sûr.

Il faut apprendre à patienter pour vivre abandonné

Et recevoir chaque merveille d'un jour ;

Mais, oui, c'est dur.

Moi non plus, tu sais, je n'y arrive pas toujours. Mais vois-tu, le temps caché de l'avant-fête a sa grâce dans l'attente ;

C'est ce temps silencieux qui donne à la surprise

Tout le sel, toute la terre, et tout le merveilleux.

Et puis, cesse de faire du mauvais esprit, tu veux ?

Est-ce que ce n'était pas une « surprise », hier, de rencontrer Stella devant la cathédrale ?

GABRIEL

Levant les yeux au ciel.

Si, bien sûr, mais ce n'est pas pareil, Maman. S'il te plaît, dis-moi où tu m'emmènes, s'il te pl… Oh !

Il s'interrompt en entendant le piano qui commence à jouer. Un silence, puis :

Que c'est beau ! *Il montre le piano.*

Regarde, Maman, c'est une jeune fille qui joue.

Et ce qu'elle joue est triste, mais joli.

Ce qu'elle joue nous raconte une histoire.

Et puisque c'est une valse, n'est-ce pas, Maman,

Que c'en est une ?

Les valses racontent toujours une histoire.

Quand je ferme les yeux, j'entends

Une vague qui danse. Le vent qui la soulève,

Et trois temps, et trois larmes, et trois espoirs.

J'aimerais bien aller l'écouter de plus près.

C'est peut-être un morceau, sur les touches murmuré,
Caressé, bouleversé, osé à contretemps,
C'est pur, c'est étonnant, c'est poétique, c'est vrai,
C'est beau sur les couleurs des phrases blanches et noires,
On dirait que cette petite a du chagrin, des rêves,
Des mots inexprimés.
Un secret qui effleure sur les notes un espoir,
La chanson délivrée sous le doigt des accords !

Tu peux y aller, Gaby. Je vais m'asseoir un peu, pendant ce temps, d'accord ?

Je te verrai, d'ici. *Son fils acquiesce et trottine vers le piano, tâchant de faire le moins de bruit possible.*

Autour de la jeune pianiste, quelques personnes vont et viennent, s'assemblent pour l'écouter puis repartent. Au moment où Gabriel est tout près du piano, la musique prend tout l'espace, on n'entend plus ni les bruits alentour, ni les trains, ni les annonces. Il ne quitte pas des yeux les petites mains agiles sur le clavier. Vers la fin du morceau, Gabriel ferme les yeux et lève son bras droit, il bat la mesure à la manière d'un chef d'orchestre. Après un silence, la jeune fille ôte avec grâce ses paumes du clavier.

GABRIEL

Dans un murmure.

Il était une fois un roi et un oiseau…
Et l'oiseau qui pleurait.
Et le roi, lui, qui n'osait pas pleurer.

CAMILLE

Se retourne, amusée.

Ce n'est pas tout à fait l'histoire du *Roi et l'Oiseau*…

GABRIEL

Je ne sais pas, je ne connais pas cette histoire.
Je racontais seulement
Ce que j'ai entendu quand tu jouais. J'ai entendu
Des gouttes d'eau, une danse, des yeux qui se répondent,
Un grelot, des adieux,
Une amitié profonde, et aussi
Des regrets, puis, un voyage
Une espérance, comme un passage
Au bord de l'éternel.
Dis, c'est bien vrai, mademoiselle ?

CAMILLE

Qui écarquille les yeux.

Eh bien ! Tu as une belle oreille ! Comment fais-tu
Pour entendre tout cela ? Voilà qui m'émerveille…
Car ce que tu racontes, ce n'est pas tout à fait
L'histoire du conte, mais,
C'est la mienne ! L'histoire de mon sommeil en mesure qui se bat,
Se bat contre le noir de la nuit qu'il surmonte. Comment fais-tu ?
Comment fais-tu cela ?

GABRIEL

J'entends les mots qui chantent la musique du monde.
J'entends les notes, celles qui fuient, celles qui grondent,
Les majeures en surface, ou bien les plus profondes ;
Les mineures qui captivent les silences du monde,
Celles qui pleurent, celles qui sourient, et même,
Celles qui demandent pardon. Je les entends, c'est tout.

Et c'est mon cœur qui les traduit avec des mots, des sons,

Alors, elles se changent en poème !

Sur les cordes de ma voix, avec les mots, je joue, mes mots

Qui sont des notes. Oui, car, Maman l'a dit tantôt,

Il y a des cordes en nous qui font vibrer la voix !

C'est le timbre, dit Maman, et mon timbre, c'est moi ! Et ton timbre, c'est toi sur les cordes de ton piano.

CAMILLE

Alors, toi aussi, tu connais la musique ?

GABRIEL

Non, mademoiselle, je ne la connais pas, parce qu'elle est immense, la musique ! Je n'aurai jamais fini de la connaître et de la jouer ; c'est qu'il y en a beaucoup, des notes, des cadences, des chants et des portées ! Non, je ne la connais pas, en tout cas, pas assez, mais,

C'est elle qui me connaît, oui ! La musique, elle sait tout de moi, parce qu'à elle seule, je peux dire sans les mots

Que j'en ai marre d'être malade.
Elle est gentille, la musique.
Elle, elle veut bien que je m'évade.

Vous savez, la musique, c'est comme une petite fille.
Elle est douce, elle est libre,
Elle court, elle est forte et fragile,
Elle vous appelle.
Elle frôle ceux qui ne se laissent pas toucher ;
Elle caresse timidement votre épaule, chuchote,
Et souffle un timbre à votre oreille : ce sont les notes.
Elle berce et elle réveille, elle recule, elle avance,
Parce qu'elle ne s'impose pas. Simplement, elle est là.
Elle s'enfuit et elle dure, comme une mer qui recommence
Et n'ose pas d'abord, avant d'oser mouiller !
Si vous ne répondez pas, c'est elle qui vous murmure ;
Elle vous connaît.
Elle est bavarde comme une pie, même quand elle se tait. Parfois, on lui fait mal. Mais au fond, elle est pure.

CAMILLE

Ils sont jolis, tes mots.
Puisque tu en fais de la musique !
Puisque tu joues sur leur piano ! Regarde,
Quand tu les dis, ça te soulage, n'est-ce pas ?
Comme ta mélodie, depuis la voix, quand tu la chantes à bras ouverts,
À pleins poumons, à pleine gorge ; c'est ta peine à l'envers,
Ta tristesse à nouveau qui s'écrie « Oui, j'espère ! »
Et fait naître le beau depuis sa corde amère !
J'ai joué un chagrin au piano, tout à l'heure, mais si avant, je n'avais pas souffert, je n'aurais pas joué mon bonheur au piano !
Mon bonheur de jouer
Quand je souffre, mes larmes
Sublimées.
C'est la musique. Et son mystère. Un pont bâti sur la misère
Entre la douleur et le beau. Si la rive des douleurs s'effondre, où se tiendra le beau ? Il a besoin de la douleur pour être
Encore plus beau.

GABRIEL

Toi aussi, tu as beaucoup de douleurs ?

CAMILLE

Qui montre son cœur.

Oui, petit bonhomme, j'ai une blessure, là.

GABRIEL

Toi aussi, alors, tu vas chez le docteur ?

CAMILLE

Le docteur ne peut pas soigner ma blessure au cœur.
Alors c'est la musique. La musique, la musique,
Et ses rencontres, et son bonheur.

GABRIEL

Soupirant.

Moi non plus,
Le docteur ne peut pas me soigner quand j'ai mal.
Maman dit que c'est normal,
Que mon médicament ne suffit plus.
Alors je le dis à la musique, quand je chante.
Pour que la vie m'entende, parce que, j'aimerais bien

Retrouver mes cheveux.

Et l'enlever, mon bonnet bleu de laine, parce que, la laine,

Ça gratte un peu.

Comment tu t'appelles, dis, mademoiselle ?

CAMILLE

Camille. Et toi, petit bonhomme, c'est quoi, ton nom ?

GABRIEL

Mon nom, c'est Gabriel. Et je veux avoir du soleil dans mon cœur. Comme le monsieur du métro.

Est-ce que, dis, Camille, quand on meurt, on fait de la musique ?

CAMILLE

Je ne sais pas. Peut-être qu'on en fait surtout pour ne pas mourir, quand votre cœur se brise, se dilate en morceaux, vous effondre par terre avec vos peurs, avec vos rêves. Alors,

Que ses miettes deviennent des morceaux de musique !

Que le chagrin s'enfuie mourir à la musique !

GABRIEL

Alors, moi, je promets d'essayer,
Quand j'aurai très, très mal. Ma mort sera
Toute musicale,
Sur une partition. Il y aura des couleurs,
Parce que, la vie, c'est plus beau comme cela.
Ma chanson, c'est comme une petite sœur ;
Elle me continuera.

CAMILLE

Émue.

Elle viendra te chercher, petit Gabriel ! Depuis ses larmes et sa portée ! Elle viendra, Musique, *pianissimo*, te prendre par la main pour monter *crescendo* !

Elle viendra, oui ! Parce que tu l'aimes et que tu joues
Avec la corde de ton cœur. Avec les fibres du bonheur,
Et de la pureté. J'avais du chagrin, tout à l'heure,
Et puis tu es venu. Alors, je n'en ai plus.

GABRIEL

S'il te plaît, Camille, joue-moi des notes
Pour que je les lance par-dessus toi ;
Qu'elles se brisent

Plus haut qu'un arc-en-ciel !
J'ai envie de chanter pour mon papa, parce que, tu vois,
Il n'est pas souvent là,
Et me manque.

CAMILLE

Alors, dis-moi les mots de ta chanson,
Que le piano traduise !

Gabriel lui murmure quelque chose à l'oreille, elle acquiesce. Il se redresse, l'air grave. Elle introduit au piano. Et Gabriel chante, peu à peu entouré par les gens qui passent et le regardent, subjugués. Mathilde se rapproche, éberluée. Arrive Philippe du côté opposé, depuis les quais ; il se dirige vers le piano, impressionné quand il reconnaît son petit garçon.

GABRIEL

Petit oiseau qui chante
Qui ne dit pas les mots
Siffle-moi quelque chose
Quelque chose de beau !

Chante ce que mon cœur
Aurait voulu pleurer,
Chante sur ma douleur,
Sur ma douleur d'aimer !

Moi, je chante en silence,
Je ne peux plus chanter !
Mes cordes sont taries,
Ma voix s'est envolée !

Chante pour moi la vie,
Petit oiseau blessé,
Chante ma maladie,
Car toi, tu sais voler !

Toi, tu sauras plus tard,
Dire à ceux que j'aimais :
« Il vous aime ! Il est là !
Je le perpétuerai. »

Court silence après le dernier couplet. Les gens rassemblés autour d'eux applaudissent, émerveillés.

LES GENS DE LA GARE
Pêle-mêle

Oh ! Ah ! Magnifique ! Cela m'a fait pleurer !
Qui est ce petit gars ?
C'est lui ; l'enfant au bonnet bleu !
Un petit musicien, là-bas !
C'est merveilleux !

PHILIPPE

Mon fils ! C'est mon fils ! *Il pose son cartable à terre et se précipite vers Gabriel qu'il saisit dans ses bras et soulève de terre avec fierté.*

GABRIEL

Incrédule.

Papa ! Mon papa !
Alors, c'était ça,
La surprise !
Le père et le fils font un signe de la main à Mathilde, plus loin, qui s'éloigne. Elle les regarde, souriante.
À tout à l'heure, Maman !
Elle répond d'un signe et s'en va.
Dis, Papa, où est-ce qu'on va ?

PHILIPPE

Je ne sais pas, Gabriel, je ne sais pas…
Parce que cette fois, c'est toi qui m'emmènes, n'est-ce pas ?
On va où tu voudras, tous les deux,
Rien que toi et moi,
Et même, si on veut,
Jusqu'à la nuit tombée, puisqu'on n'aura pas froid !
Car on n'a jamais froid quand on est tous les deux,

C'est pas vrai, ça, mon p'tit gars ?

GABRIEL

Oui, mon papa, mais tu vois,
Moi, je le garderai quand même, mon bonnet bleu,
Parce que ce n'est pas moi,
Mais ce sont mes cheveux qui ont peur d'avoir froid
Puisqu'ils n'osent pas encore sortir de ma tête !
Au fond, les cheveux clairs,
C'est un peu comme les fleurs,
Ça ne doit pas aimer l'hiver.

PHILIPPE

Qui enlève sa veste de costume
et défait le nœud de sa cravate.

Dis, mon fils, où est-ce qu'on va ?

GABRIEL

Je suivrai la musique, et toi, tu me suivras !
Et on ira à pied, hein, dis, Papa ? Parce qu'avec ce soleil, moi, je ne veux pas
Descendre sous la terre. Et je n'aime pas aller trop vite, moi,

Je préfère marcher tout doucement, et très longtemps, avec toi. On ira donc à pied, hein, dis, Papa ?

PHILIPPE

Mais, mon grand, tu es sûr ?
Je veux dire… ça ne te fatiguera pas
De marcher dans Paris
Longtemps ?

Gabriel baisse la tête et ne répond pas. Philippe, comprenant qu'il a touché la corde sensible, se rattrape et désigne d'un geste les souliers de cuir de son fils.

… avec ces chaussures-là ?

GABRIEL

Lève la tête et s'exclame.

Oh, non ! J'ai l'habitude de voyager avec, tu sais, Papa.

La dernière fois, je les avais aux pieds, à Necker

Quand je suis parti loin. C'est bien ce qu'avait dit l'infirmière, n'est-ce pas ; elle avait dit que j'étais parti loin sans m'en apercevoir,

Comme si j'avais rêvé d'une autre terre, d'une autre histoire ?

PHILIPPE

Troublé, lui donne une légère tape sur l'épaule.

Oui, mon Gaby. Elles en ont vu, ces chaussures-là.

Elles en ont vu,
Des vertes et des pas mûres. Ah ! ça...
Nous irons donc à pied !

GABRIEL

Oui, jusqu'à l'Opéra !

Le père prend son fils par la main, ils sortent joyeusement de la gare.

Scène 4

Gabriel, Philippe, l'orchestre *puis* Poeta

Dans la salle de concert de l'opéra Garnier. Les sièges sont vides. Rien que le père et le fils au milieu de la salle, et l'orchestre, devant la scène, qui s'installe tranquillement pour la répétition.

GABRIEL

Elle n'était pas très gentille, la dame.

PHILIPPE

Elle a fini par nous laisser entrer, la vieille perruche !

Tu vois, ça sert quelquefois de jouer les grands idiots

Face à une cruche ! Et puis, c'est elle qui s'est mis en tête que je jouais du piano,

Dans cet orchestre-là ! *Il le désigne d'un mouvement de tête.* Alors, hop ! Je n'avais malheureusement pas un seul papier sur moi, je gémis que sans moi, la répétition rame, le concert est à l'eau,

Et le tour est joué ! Nous entrons.

GABRIEL

Mais, puisque ce n'est pas vrai, que tu joues du piano !

PHILIPPE

Détendu.

Bah ! Tu sais, mon fils, dans la vie, il faut parfois savoir

Raconter des histoires, sinon, on ne pourrait plus vivre ! Tu comprends ? Il faut se sentir libre, quelquefois, de contourner les directives, celles qui n'ont pas de sens et menacent les rêves ou ceux qu'on aime,

Sans autre horizon qu'elles-mêmes. Oui, et se sentir plus libre encore lorsque ces lois stupides

Sont maniées par des imbéciles qui les respectent trop,

Sans égard pour un cœur, l'exception, les cadeaux.

GABRIEL

Alors, on a le droit de mentir, si la règle est trop bête ?

PHILIPPE

Eh bien, si tu veux mon avis, il faut parfois mentir pour savoir tenir tête,
S'abstraire des sottes conventions, leur mentir, à elles,
Pour ne pas se mentir à soi-même.
Tant que possible, fiston ;
Dis la vérité.
Mais si un jour ton cœur est menacé par une loi détournée du bon sens, par une consigne absurde ; pour être vrai avec toi-même, pour survivre à ton rêve,
Tu as le droit de dire « zut, zut, et zut ! »
Et de te faire passer pour un crétin, pour un pianiste, pour un ambassadeur, pour un joueur de flûte ou pour un inspecteur
Pourvu que toi, tu tiennes les promesses de ton cœur
Murmurées par l'amour sur un fond de raison.
Moi, je t'avais promis un monde, un horizon,
Un bel après-midi rien qu'entre hommes, mon fiston, alors, pour moi,

Ça passe avant le caprice d'un musée qui ferme à la minute.

GABRIEL

Qui rit franchement.

Maman, elle n'aurait jamais fait ça, pas vrai, dis, Papa ?

PHILIPPE

Riant aussi.

Ça, c'est sûr, mon Gaby, elle aurait bien besoin d'un petit vent de folie pour s'évader un peu du respect des convenances.

Mais ça, mon p'tit gars, je peux te garantir qu'avec ton père, elle est servie, Maman ! *Rêveur.* Oui, on en a vécu, de ces moments… Je ne t'ai pas raconté la première fois qu'elle est montée derrière moi sur la moto ? Tu penses !

Elle s'accrochait à moi, elle me criait dans les oreilles tellement elle avait peur – il avait bien fallu… trois mois pour la convaincre de monter dessus. *Gabriel rit, Philippe poursuit, avec un clin d'œil :*

Et puis tu sais, même si elle ne l'avouera jamais, je t'assure qu'elle n'était pas mécontente, Maman, après un tour au gré du vent, suspendue au rêve de Papa !

C'était la liberté, l'audace, la nouveauté pour elle, et pour moi, devant elle qui m'entourait la taille, c'était une conquête, un défi, un soufflet ! Jamais conduit comme ce jour-là – c'est qu'il en fallait, pour l'impressionner dur, ta jeune *lady* de Maman.

Et je…

Soudain, il s'interrompt, sentant son portable qui vibre dans sa poche, il le sort rageusement et l'éteint d'un geste sec.

Ah ! C'est pas vrai ! Les abrutis ! On ne me fichera donc jamais la paix, même quand je prends honnêtement mon après-midi !

Qu'on me laisse avec mon fils, quoi !

Non mais s'ils savaient comme je m'en fous, de leur projet de réorganisation managériale à la noix !

GABRIEL

C'est drôle, parce que c'est plutôt Maman qui a un travail de folie, puisqu'elle chante !

Tandis que ton travail, il n'a pas l'air amusant du tout.

Pourquoi, dis, Papa, tu fais toujours le même, puisque tu t'en fiches et qu'il t'ennuie ? Puisque tu dis que c'est bête de passer sa journée devant l'ordinateur ?

Pourquoi, dis, tu n'en fais pas un autre plus chouette ?

Pourquoi on devrait suivre les règles,

Au travail, quand elles nous empêchent de rêver ?

PHILIPPE

Décontenancé.

Je… c'est assez vrai, ce que tu dis… *Il soupire.* Un travail plus chouette… Si tu savais, Gaby… C'est plus compliqué que ça…

C'est un peu comme toi et l'école ; ça ne te plaît pas, et pourtant,

Tu y vas. Parce que tu *dois* y aller. C'est ton devoir d'état.

Une fois qu'on obtient un bon boulot, on n'en sort pas si facilement tu sais, et puis, après de belles études commerciales, on ne peut pas du jour au lendemain – *ciao !* – remercier son patron de façon bien cordiale, et hop ! jouer de la guitare à longueur de journée.

GABRIEL

Sincère.

Pourquoi ? C'est interdit ?

Moi, je n'y vais plus, à l'école.

PHILIPPE

Non, ce n'est pas interdit... Mais, tu comprends, fiston, ça ne fait pas très sérieux ! Et puis, il faut bien nourrir la famille.

GABRIEL

Perdu.

Mais puisque tu disais qu'il ne faut pas être trop sérieux ?

Et puis, tu pourrais faire comme Maman,

Quand elle chante,

Elle fait du bien au cœur, alors les gens, ils viennent à ses concerts. C'est magnifique, et moi, j'en suis très fier.

Elle est un peu docteur puisqu'elle soigne en musique.

Même les petits cancers ;

Quand elle chante avec moi, je n'ai plus mal.

Maman aussi, elle nourrit la famille ! Pourtant, elle, ça lui fait très plaisir de travailler, puisque son travail,

C'est un rêve toujours recommencé ! N'est-ce pas, que c'est un rêve ?

PHILIPPE

Perplexe, amusé.

Mais dis-moi, c'est que ça tourne, là-dedans ! *Il tapote le haut du bonnet de son fils.* Laisse tomber, Gaby. Tu as déjà dû remarquer que les adultes sont quelquefois bizarres,

Ou plutôt contradictoires… Ah ! *Soupir.* Tu as raison… Il faudrait que Maman m'apprenne cette folie-là…

GABRIEL

C'est beau, vous avez chacun une folie à vous apprendre !

Ça veut dire que j'ai peut-être les deux en moi, hein, dis, Papa ?

PHILIPPE

C'est le moins qu'on puisse dire, mon grand, et en plus de cela, tu en as une,

Cette folie rien qu'à toi, comme un trait de ton cœur qui jaillit, sans prévenir, d'un arpège de couleurs,

Ou qui descend du ciel comme un morceau de lune…

GABRIEL

C'était quoi, ton premier rêve, Papa ?

PHILIPPE

S'asseyant sur un fauteuil de la salle,
la tête entre les mains, réfléchit quelques secondes
puis la relève vers le plafond de Chagall.
Il murmure, les yeux fixés là-haut :

Mon premier rêve, tiens ! C'était ma guitare.

GABRIEL

Alors pourquoi tu n'en fais plus ?

PHILIPPE

Grave, alors que l'orchestre entame
La Méditation de Thaïs *de Massenet, et que,*
sans bruit, Poeta entre, demeurant en retrait.

Je ne sais pas, Gabriel… Je suppose que je n'ai pas le temps… plus le temps…
Enfin, je ne le prends pas. Mais vois-tu, quand je regarde ce que je vois là, cette ronde de phrases en couleurs qui s'envolent,
Je me dis que je vais la sortir du placard,
Ma guitare. C'est le peintre Chagall…
Lève les yeux, mon fils, lève ton bonnet bleu,

Et regarde. Regarde sous tes yeux, la musique en triomphe,

L'audace contre le mal,

Et la danse, oui, les deux, pigmentés de lumière, et de sang, des notes de Paris, de mystère, et de bleu ! Regarde, Gabriel !

Et vois, la tour Eiffel, et le vent, et les cieux ! Et les rêves d'enfant qui surplombent nos âmes, et sans fin,

Les appellent, ceux qui sont musiciens !

Le peintre virtuose a composé là-haut la symphonie des anges et de la lune sur la nuit de Paris qui repose, la lune,

À l'ombre du métro ! Et ce rouge, on dirait, oui, brisés, des coquelicots. Ici, la petite couronne, ses fleurs tirées des champs sur le mont des musiques,

Dans la grande couronne où chantent les oiseaux. Là-bas, l'opéra où nous sommes, aujourd'hui, toi et moi, et les airs fredonnés par-dessus notre toit.

Regarde les joues roses, et puis l'arc, et l'amour, et encore, tant de choses. Le spectacle, et la fête, et la brise…

J'ai en tête *Le Temps des cerises*…

POETA

Qui poursuit, sans interruption, d'une voix claire, tandis que Philippe continue de remuer les lèvres.

Les arbres, la terre, et les chevaux ! Le mouvement de l'or sur la nuit des artistes, la prairie sous la grâce, la courbe de l'enfance, les collines, l'espace, le jour et les surprises,

Et encore, l'unité ! Les ombres et les murmures

Des pluies ensommeillées depuis la toile juive,

Depuis l'homme qui rêve au bout de son pinceau.

C'est le sang de Chagall ;

Sous les touches françaises répond la langue slave,

Rouge, la fibre russe

Et ses teintes nomades ! C'est pour Paris la Muse,

Ce souffle de la joie sur un siècle malade !

L'harmonie des pigments éclatés en musique sur le ciel du théâtre, c'est pour chanter la ville. Cela touche mon cœur,

Puisque Paris, c'est moi ! C'est moi, petite fille encore, à l'intérieur. Et puisque je suis telle

Que m'a faite Chagall sous les toits de Garnier ! C'est Poeta, rebelle, qui ramasse la beauté dans ses petites mains. Je cours après ma ville, je cours après les miens par le chant des artistes

Et de l'éternité,

Depuis la chevauchée aux nuages, depuis la voix des clefs, le cantique des mages,

Depuis l'écho des fêtes et le cri du printemps !

GABRIEL

Je regarde, Papa. Je vois que c'est vivant ! J'écoute le plafond qui chante

Le rire et la beauté. La douce ritournelle de la simplicité qui danse. Peut-être que c'est une berceuse, que les bonshommes chantent.

Ce monsieur qui l'a peinte a dû beaucoup rêver.

Beaucoup aimer aussi parce que là-haut tous les dessins

Ont l'air d'avoir tout plein de soleil dans leur cœur ! N'est-ce pas, dis, Papa, qu'ils sont jolis, qui planent et qui survolent !

PHILIPPE

Oui, c'est un autre univers, mon Gaby, un autre temps, une autre terre, que celle des chansons. Et pourtant, oui : les gammes, la portée, la mesure et même les contretemps,

Sont les ponts vers l'ailleurs où s'enivrent les cœurs ;
Eux qui chantent
Quand la vie est trop dure, quand le temps est trop court
Et les gestes comptés, et les mots ; sans retour.
Oui, cet envol *andante*
Que tu vois émietté au-dessus de nos têtes,
C'est notre destinée.

GABRIEL

Si c'est un autre monde, alors même ceux qui sont malades
Peuvent s'y envoler, hein, Papa ?
Même ceux qui ont mal, dans ce monde, ils s'évadent,
Bien qu'ils n'aient plus assez la force du voyage ?
Quand ils souffrent du cœur, du poumon, quand leur sang est trop faible et manque à leur visage ? *Un silence.*
Tu sais Papa, si je meurs, c'est là-bas que j'irai. J'irai,
Dans ce plafond de rêves et de couleurs, où même les chevaux peuvent voler très haut,

Où les couples qui s'aiment peuvent s'aimer très loin,

Où les enfants jolis font danser tout le monde avec leurs ailes et leur trompette, où les grands monuments

Ont des larmes, des oreilles, de l'élan,

Où même quand la nuit tombe, il y a de la lumière dans les cœurs, dans les yeux, sur le toit des maisons,

C'est la lune et les mille soleils, ou plutôt les étoiles, comme Stella qui sourit au pied de Notre-Dame,

Comme le monsieur du métro, dans ma rame, qui était presque un enfant,

Lui qui avait le soleil dans son cœur.

Tu sais, Papa, j'ai même pu le toucher, son grand accordéon !

PHILIPPE

D'une voix étranglée, les poings serrés.

Non ! Non ! Non !

Mon p'tit gars, mon p'tit gars… Non ! Tu ne vas pas mourir,

Puisque moi, je suis là ! *Il le serre contre lui.*

GABRIEL

Pendant qu'est répété par l'orchestre le passage en question.

La ! Oui, c'est cette note que j'ai entendue tout à l'heure, mon papa, pendant que tu parlais du plafond du bonheur,

C'est l'orchestre, là-bas, qui a joué ce *la*, depuis le *mi*, comme un pont ébloui

Qui retourne l'oreille et raconte un espoir,

Depuis la peine !

PHILIPPE

Ahuri.

Tu… tu entends les notes, mon Gaby ? Tu les entends vraiment comme cela dans ta tête ?

Je veux dire, tu sais les reconnaître ?

GABRIEL

Surpris.

Bien sûr, Papa, je les entends.

Puisque je les écoute, c'est leur couleur qui me traduit

Leur nom. Tu ne les entends pas ?

PHILIPPE

N… Non, mon grand, je n'ai pas ce talent…

Tu sais, c'est peut-être une oreille absolue que tu as...

Une oreille qui ressent, un signe qui perçoit

Le timbre et le contraste, la nuance et l'émoi sur le fil sublimé des paroles en musique ! Comme je suis fier de toi !

À part. Mathilde avait raison, cet enfant était né pour la musique. Pour la chanter, pour la vivre,

Pour l'offrir, la répandre, la contempler, l'attendre

Et la pointer du doigt à qui l'a oubliée !

Et bouleverser la foi des siècles empiriques ! Il est né, notre petit,

Pour insuffler à la vie l'élan de sa musique avant... avant... de la quitter,

Cette vie. *Sa voix s'étrangle à nouveau. Il regarde son fils, qui contemple candidement le plafond.*

Mon Gaby.

Scène 5

Mathilde, Philippe, Gabriel *puis* Poeta

Dans le salon de la famille Berger. Mathilde lit, une tisane à la main. Elle finit par regarder sa montre et cesse sa lecture en soupirant.

MATHILDE

Que peuvent-ils donc bien faire ? *Elle secoue la tête avec un demi-sourire.* Ah, les hommes, quelle affaire ! Aucune notion du rythme des enfants.

Mon petit Gabriel est déjà au lit, d'habitude, à cette heure… Enfin !

Tant que Philippe est avec lui… Oui ! Qu'ils soient seuls, réunis

Voilà ce qui importe. Remplir le réservoir d'amour, avant tout et d'abord,

Plus que tout et encore, et plus fort,

Et toujours.

La sonnette retentit.

Ah ! Les voilà. Mes garçons ont oublié leur clef… *Elle ouvre. Paraît Philippe, des larmes plein les yeux, qui porte Gabriel endormi dans ses bras.*

Mon chéri ! Philippe ! Qu'est-ce que tu as ? *Le jeune papa, trop ému pour parler, entre, et sans un mot s'assied sur le canapé, gardant Gabriel dans ses bras. Mathilde referme la porte et s'assied près de lui, caresse la joue de leur enfant.*

Gabriel dort. Il est tard, pour lui. *Philippe ne répond pas, ferme les yeux. Avec beaucoup de douceur, Mathilde prend Gabriel des bras de son mari, lui retire ses chaussures, sa veste, s'apprête à lui ôter aussi son bonnet bleu mais s'arrête et finalement, le réajuste sur sa petite tête. Gabriel soupire et bouge, sans se réveiller.*

Au lit mon petit ange. *Elle l'embrasse et sort pour aller le coucher. Philippe reste seul, la tête dans les mains pendant quelques secondes. Tout d'un coup, il se lève, colle son front contre le mur.*

PHILIPPE

Qui frappe le mur d'un coup de poing, en criant.

Non ! Non ! *Il pleure. Mathilde revient doucement, sans Gabriel.*

MATHILDE

Dans un sanglot.

Phil ! Je t'en prie, ne le réveille pas... *Elle s'approche de lui, lui met délicatement la main sur l'épaule.*

Je sais, mon amour. C'est dur.

Merci de t'être occupé de lui. Il s'est endormi

D'un grand sourire, ce soir, plein de reconnaissance. Le sourire de la vie par-dessus la souffrance.

La vie, Philippe, tu entends ? Il vit, notre Gaby. Il vit maintenant. Il vit auprès de nous.

Personne ne nous prendra l'amour de cette vie, cette vie qui se bat pour respirer encore, non ! Personne. Jamais.

Et c'est tout ce qui compte ; tout ce qu'il y a de vrai.

PHILIPPE

Le front toujours contre le mur, les poings serrés.

La vie n'a pas le droit ! Pas le droit ! Pas le droit !

Ce petit, c'est l'amour, c'est l'art, c'est toi, c'est moi,

C'est Gabriel, c'est lui ! C'est lui qui me disait tout à l'heure que je n'étais pas moi sans ma guitare, sur mon ordinateur, c'est lui,

Qui me disait qu'il irait, s'il meurt, dans le rêve de Chagall où volent les couleurs,

S'il meurt ! Tu entends, Mathy ? Tu entends, ce qu'il dit ? Et moi, je lui criais « Non ! Tu ne vas pas mourir, puisque moi, je suis là ! »

Mais, ça ne veut rien dire ! Rien !

Je suis son papa, et incapable, oui ! de protéger mon fils contre le mal qu'il a ! Impuissant et stupide, démuni avec ça, complètement crétin devant sa force à lui qui chante encore, qui cherche encore des mots pour consoler ma peine,

Depuis son pauvre corps envahi par la mort ! Pourtant, celui qui souffre et qui ne devrait pas, c'est mon fils, et non moi !

Et les médecins, qu'est-ce qu'ils foutent, les médecins ? Pourquoi, ne peuvent-ils pas nous le guérir, hein, dis, pourquoi ? Moi, je vais te le dire ! Parce qu'ils ne fichent rien

Entre les couloirs blancs, les papiers, les gélules !

On *traite* les problèmes sans en chercher la source,

Tous les vices sont bons pour que l'argent circule ;

Ils nous empoisonnent tous !

MATHILDE

Gravement, d'une voix très calme.

Calme-toi, mon chéri, calme-toi… Tu dis des bêtises. Tu n'y es pour rien. Pas plus que moi ou les médecins. Comme nous, ils se sont battus pour Gaby.

Regarde le bonheur que c'est d'être avec lui. Non pas envahi par la mort, non ! Envahi par la vie trop courte, mais poignante ! Mais renversante ! La vie, Philippe ! Connais-tu seulement un enfant, un seul, qui lui ressemble ?

Pas moi. Vois-tu, je crois que son grand cœur qui tremble

À la moindre misère, à la moindre beauté,

Lui vient du mal qu'il a. Laisser son cœur trembler… Il comprend la vie, il ne craint pas de la vivre, parce qu'il voit qu'elle est simple. S'il ne souffrait pas,

Il serait peut-être comme tout le monde. Il penserait d'abord à lui ; pas aux autres.

Regarde tout le sel qu'il apporte à nos vies. L'autre jour, je n'en revenais pas, quand il parlait à celle qui mendie devant Notre-Dame,

Quand il chantait avec le monsieur du métro. Comprends-tu ?

Gabriel tous les jours nous fait de grands cadeaux. Ces cadeaux nous sont des larmes,

Mais aussi des forces, pour l'avenir sans lui. Il partira *(sa voix s'étrangle)* en nous laissant quelque chose de lui. Il a déjà marqué le monde,

En émouvant Paris. *Philippe se calme. Mathilde pose sa tête contre son dos un petit moment, et lui dit :*

Tu n'en peux plus, Philippe. Va te reposer. On a peut-être réveillé Gaby. Je vais jouer pour lui

Sa berceuse préférée.

Philippe serre douloureusement la main de sa femme dans la sienne et sort, épuisé. Mathilde s'installe au piano et joue une berceuse de Chopin. Entre Poeta.

POETA

Tu dors, petit garçon. Tu dors, entre les rêves et la chanson,

Dans cet espace où berce la nuit les misères, les ailleurs, les chagrins, la prière, les rencontres, les peurs,

Dans Paris qui soupire chaque fois que tu pleures

Où que l'on pleure pour toi. Moi, je veille sur toi, et quand je te regarde, je me dis que voici le bonheur,

Car tu es là qui dors. Je n'abandonnerai pas tes parents, ça, je te le promets. Puisque je sais que, dans ton cœur, c'est leur douleur et non la mort

Qui te fait tant pleurer. Quand tu voyageras dans les sons de Chagall,

Je crierai sur ma ville ce que tu as chanté, je serai la portée, l'arc-en-ciel et le pont

Depuis ton ciel de rêve jusqu'aux hommes sur la terre ! Oui, je serai ta voix dans le métro qui file, je serai ton goûter au chocolat offert

Dans les mains qui supplient le bois de Notre-Dame.

Je serai ta main pâle dans les leurs, qui n'auront qu'à chanter pour qu'elle touche leur paume,

Je serai ton regard sur leurs âmes, ton bonnet sur leur froid,

Ton soleil dans leur cœur.

Comme si c'était toi dans leurs bras de musique. Je serai la guitare perdue de ton papa,

Je serai les aigus des chants de ta maman, effilés, aériens,

Oui, moi, je serai tout, et je ne serai rien.
Rien d'autre que ton âme qui m'enseigne la mienne
Et que je déploierai dans tous les cœurs qui saignent.
Tu dors, petit garçon. Tu dors, entre les rêves et la chanson,
Et pour toujours, à la maison,
Entre la couleur et la peine…

Scène 6

Gabriel, Philippe, une dame, Stella, Mathilde, l'orchestre, le chœur et quelques spectateurs *puis* Poeta

La nuit tombe sur Paris encore rose au couchant. Philippe, en costume de bureau, tient Gabriel par la main, ils entrent dans Notre-Dame. Quelques spectateurs s'installent. Au fond de la scène, (chœur de la cathédrale qu'ornent des bouquets de lys blancs), Mathilde s'échauffe avec l'orchestre. Très droite, elle porte une robe longue du même bleu que le bonnet de Gabriel.

GABRIEL

Tirant son père par la manche.

Plus vite, Papa, plus vite ! Tu vois bien que Maman va chanter ! Tu crois qu'elle nous aura gardé des places ?

Tout devant, devant ? Et que je la verrai ?

PHILIPPE

Mais oui, mais oui ! Ne t'en fais pas, fiston. Nous, on est des privilégiés ! *Un clin d'œil.* Dans le cœur de Maman, on a les premières places.

Et puis regarde, elle s'accorde, on a juste le temps d'arriver.

GABRIEL

Tristement.

Moi, j'aurais préféré entrer par la grande porte, celle que garde Stella. Pourquoi, dis, Papa, on est rentrés par la petite,

Sur le côté ?

PHILIPPE

Haussant les épaules.

Écoute, Gaby, je ne sais pas… Elle était plus près de la bouche de métro. Et puis regarde un peu le monde qui rentre

Aux portes principales ! On est plus tranquilles par ici.

Il lève la tête. Tout de même, quelle cathédrale…

Une dame d'une soixantaine d'années (collet monté, gilet boutonné de A à Z), tout près de la porte, les arrête. Elle est assise derrière un tout petit bureau et distribue les places.

LA DAME

Suffisante.

Pardon, monsieur… votre billet ?

PHILIPPE

Agacé.

Je n'en ai pas, de billet, tiens ! Je suis le mari de Mathilde… *La dame croise les bras, perplexe.* Enfin, je veux dire, le mari de la chanteuse, quoi !

LA DAME

Méprisante.

C'est ça, et moi je suis sa grand-mère ! Il faut acheter votre billet, monsieur, comme tout le monde.

PHILIPPE

Énervé.

Eh bien, la confiance règne ! *À part.* Ah, ces pimbêches béates devant les règles idiotes, avec leurs airs de bonnes femmes dévotes !

À la dame. Et puis zut, c'est pas vrai, quoi ! Puisque je vous dis que c'est ma femme qui chante ! Vous allez nous laisser passer ou je… *Il s'interrompt, voyant Gabriel, qui se tenait caché derrière, se poster devant lui et regarder la dame, droit dans les yeux.*

GABRIEL

S'il vous plaît, madame, laissez passer mon papa, sinon il va se mettre en colère.

Et je n'aime pas, quand il se fâche.

LA DAME

Faussement émue, mondaine.

Oh ! Un bonnet de laine bleue !

Alors c'est le petit Gabriel ? J'ai beaucoup entendu parler de toi. *Méfiante, regardant Philippe de haut en bas.* Ce monsieur est ton père ?

GABRIEL

Évidemment, que c'est lui. Dommage que vous n'ayez pas entendu parler de Papa. C'est un chouette monsieur.

LA DAME

À Philippe, d'un air pincé.

Certes.

Toutes mes excuses, monsieur, hem… j'ignorais que…

PHILIPPE

Levant les yeux au ciel, l'interrompt.

Ça va, ça va !

Allez, viens, Gabriel, on s'en va ! *Sèchement.* Au revoir, madame. *Ils passent.*

GABRIEL

Mais pourquoi tu t'énerves, Papa ?

PHILIPPE

Je sais, je sais, mon fils, je ne devrais pas ! Mais franchement,

Est-ce que j'avais besoin de ça ? Surtout en ce moment !

GABRIEL

Pourquoi, c'est grave ?

PHILIPPE

Mais non, p'tit gars, ça ne l'est pas…

Ça fait perdre du temps !

GABRIEL

Perdre du temps, c'est mal ?

PHILIPPE

Pris au dépourvu.

Je… Non, Gaby, bien sûr que non. Tu as gagné, va, je n'aurais pas dû m'énerver.

Mais tout de même, cette bonne femme, avec son petit air écaillé… ! Elle sentait la poussière, l'eau de Cologne à plein nez !

Heureusement que tu étais là, sinon, moi, je restais à la porte.

Vieille carogne, va ! Que le grappin l'emporte !

Il désigne deux chaises, devant, tout près du chœur.

Tiens, on va se mettre là. *Ils s'asseyent.*

Eh bien, ce n'est pas trop tôt !

Tu ne veux pas enlever ton manteau ?

GABRIEL

Secouant la tête.

J'ai froid.

PHILIPPE

Qui ôte sa veste, s'essuie le front.

Vraiment ? Moi, j'étouffe !

GABRIEL

C'est normal, Papa, on a toujours très chaud quand on s'énerve. *Philippe rit doucement, lui tapote le bonnet.*

Dis, Papa, est-ce qu'il y a des gens qui peuvent dormir ici ?

PHILIPPE

Étonné.

Des gens ? Ici ? Oh ! non, ça m'étonnerait, mon grand…

Les portes sont fermées, le soir, même au printemps.

GABRIEL

Alors, où est-ce qu'ils dorment, ceux qui gardent les portes de la cathédrale

Avec un petit gobelet blanc ?

PHILIPPE

Qui ne comprend pas d'abord.

Ceux qui gardent les portes ?… Ah ! Tu veux parler de la petite dame que tu as vue avec Maman ? *Gabriel acquiesce vigoureusement. Son père soupire.*

Eh bien, je l'ignore, mais tu sais, Gabriel, il est possible

Qu'ils dorment dehors, ceux qui gardent

Notre-Dame.

GABRIEL

Mais il fait très froid, la nuit !

PHILIPPE

Oui, mon Gaby. C'est triste. Mais c'est la vie.

Les lumières s'éteignent.

Chut, ça va commencer.

L'orchestre entame le Laudate Dominum *de Mozart, œuvre lente et ponctuée par des passages non chantés. Mathilde commence le solo pendant que Gabriel, agité, se retourne sans cesse. Il semble chercher quelqu'un des yeux. Son regard s'arrête soudain sur un côté, non loin d'eux. Aussitôt, il se lève, et se dirige droit vers Stella, assise contre le mur d'une chapelle latérale.*

MATHILDE

Tout au long de la scène.
Laudate Dominum omnes gentes
Laudate eum, omnes populi
Quoniam confirmata est
Super nos misericordia ejus,
Et veritas Domini manet in aeternum.

Gloria Patri et Filio et Spiritui Sancto.
Sicut erat in principio, et nunc, et semper.
Et in saecula saeculorum.
Amen.

PHILIPPE

Qui le voit partir, fait un mouvement pour le retenir et chuchote.

Gabriel ! *Il ne quitte pas son fils des yeux.*

GABRIEL

Qui enlève son bonnet bleu, le regarde un instant, semble hésiter, se décide et tend à Stella son couvre-chef.

Tiens, Stella. C'est pour toi. Pour que tu n'aies pas froid, cette nuit. *Stella lui sourit, serre sa petite main dans la sienne, et Gabriel, tout heureux, s'en retourne à sa place.*

PHILIPPE

Ahuri.

Mais, Gaby ? Ton bonnet ?

GABRIEL

Les yeux fixés sur sa maman.

Elle en avait plus besoin que moi. C'est un cadeau
Que je lui ai fait. Je suis heureux, Papa,
Puisque cela lui plaît !

Un peu avant la deuxième partie de son solo, Mathilde tourne la tête vers Philippe et Gabriel. Elle entame sa note aiguë, qui retombe subitement. Sa voix se brise, elle pleure en voyant le petit crâne nu de Gabriel briller dans le noir, comme la lune.

GABRIEL

Oh ! Mais qu'est-ce qu'elle a, Maman ? Ella arrête de chanter ! Elle pleure !

Sans attendre la réponse de son père qui le regarde, médusé, Gabriel court dans le chœur jusqu'à Mathilde en larmes qui le serre dans ses bras, et il chante le amen final à sa place, elle qui ne peut plus émettre un son. Pendant ce temps parle Poeta.

POETA

Regardez-la, si belle dans la cathédrale ! Elle chante…

Elle tourne son joli visage, elle cherche ceux qu'elle aime,

Les trouve, les sonde, les scrute, chante pour eux, les aime…

Elle regarde son fils qui n'a plus son bonnet. Alors elle ne peut plus, elle ne peut plus chanter !

C'est trop dur de le voir, ce petit ange, le voir,

Sans son bonnet ! Et lui, regardez-le qui vient la consoler ! C'est lui qui la soutient, qui finit de crier

Ce qu'un cœur de maman ne peut plus déverser quand il saigne, quand la vie l'a brisé !

Elle pleure tout contre lui, je le devine, et ce petit lui dit

« Ce n'est pas grave », « C'était très bien Maman ».

Oh ! Regardez, maintenant, c'est Philippe qui vient, qui les serre dans ses bras, celle qu'il aime, son chagrin,

Et leur petit trésor ! Il leur dit « Je vous aime, et je vous aime encore ! ». Sa pupille est humide,

Sa paupière saigne,

Même si c'est un homme.

Ils sont émus dans Notre-Dame, et moi,

Comme ils s'étreignent,

Oui, je les réconforte entre mes bras anciens,

Mes arcs, ma croisée, mes ogives,

Grands ouverts, mes bras,

Élancés par l'amour sur le grain de la pierre.

Que ma pierre vive,

Comme un espoir !

Mes pierres, imperturbables aux siècles, impassibles aux guerres,

Qu'un enfant a bougées à force d'émouvoir.

Un torrent d'applaudissements retentit, les gens se lèvent, émus, les larmes aux yeux devant un tel tableau.

Philippe hisse Gabriel sur ses épaules, et Mathilde leur tient la main à tous deux.

LES SPECTATEURS, L'ORCHESTRE, LE CHŒUR
Pêle-mêle

Bravo ! Mon Dieu, si petit ! Il doit être malade, et c'est leur fils... C'est pour cela qu'elle a pleuré ! Qu'ils sont jolis, tous les trois ! Qu'ils ont l'air de s'aimer !
Une voix d'ange, un amour, ce petit gars !
Et puis, regardez son papa,
Comme il est fier,
Comme il est fort auprès d'eux. On dirait
La grâce et la souffrance entre les fleurs de lys,
Auprès des deux qui chantent au cœur de Notre-Dame !

PHILIPPE

C'est ma femme !
C'est mon fils !

Acte III

Scène 1

Gabriel, Fred, les peintres du Tertre

Place du Tertre. Comme à la première scène de l'acte I, Gabriel se tient sans bruit derrière son ami Fred qui peint. Il n'a plus son bonnet et frotte encore son soulier, par intermittence, sur le pavé.

FRED

Sans se retourner.

C'est toi, Archangelo ?

GABRIEL

J'aime bien les samedis quand il n'y a pas école.

Même si je n'y vais plus.

Je suis content de ne plus y aller.

Les autres ne peuvent plus me prendre mon bonnet, et puis courir en rigolant. Ils sont bêtes, dit Maman. Ils ne peuvent pas comprendre, parce qu'ils n'écoutent pas. *Il jette un œil par-dessus l'épaule de Fred.*
Qu'est-ce que c'est, que tu dessines ?

FRED

Les pigeons et les miettes devant la basilique.

GABRIEL

Émerveillé

Vrai ?

FRED

Qui se retourne avec un grand sourire.

Vrai.
Moi, je suis bien content, que tu n'ailles plus à l'école.
Que tu peignes avec moi les pigeons qui s'envolent.
Tu n'as plus ton bonnet, Brin de blé ?
Tu ne mets plus ton bonnet bleu ?

GABRIEL

Radieux.

Je n'en ai plus besoin. Je l'ai offert
À quelqu'un.

FRED
Épaté.
Ça, c'est très généreux.
Alors, ça ne te fait rien ? D'être sans tes cheveux ?

GABRIEL

Je ne sais pas. Mais je suis heureux,
Parce qu'elle aura plus chaud avec mon bonnet bleu.
Il ne la grattera pas, elle,
Puisqu'elle a des cheveux !

FRED
Ému.
Viens voir, Archangelo. J'ai une surprise pour toi. *Gabriel s'approche. Fred lui tend une petite toile emballée.*
Ouvre.

GABRIEL

Je peux ?

FRED
Ravi.
Hé ! Puisque c'est pour toi !
C'est un cadeau, pour le meilleur de mes amis.

GABRIEL

Déchirant le papier de soie.

Oh !

FRED

Fièrement.

Alors ? Elle est pas belle, celle-là ?

GABRIEL

Ébloui.

La petite fille aux allumettes ! Fred, tu es le peintre le plus chouette ! Elle est très belle. Elle ressemble à Stella !

Il y a même

Un tout petit oiseau posé contre son bras ! Et des pigeons ! Et la colline de Montmartre ! Et ma maison ! *Il se jette au cou du jeune peintre.*

Merci, Fred. C'est mon plus beau cadeau. Je vais l'accrocher dans ma chambre, au-dessus de mon lit. Et je le garderai toujours, oui,

Toute ma vie ! *Fred essuie une larme à ces mots, et lui donne une belle bourrade dans le dos. Gabriel se dégage pour fouiller dans sa poche, en sort la boîte d'allumettes offerte par Stella.*

Tiens, regarde, ce qu'on m'a donné :

C'est une vieille dame qui autrefois, elle aussi, a été
Une petite fille aux allumettes.
Elle ressemble un peu à la tienne,
Sauf qu'elle a les cheveux couleur de lune.

FRED

La mienne, elle a des cheveux comme les tiens, Brin de blé. Des cheveux tout dorés, emmêlés par le froid ;
Un soleil sur la neige.

Soudain, Gabriel tousse sans pouvoir s'arrêter, de plus en plus fort.

Gabriel ? Tu vas bien ? *Fred le prend par les épaules, lui tend un mouchoir. Le petit tousse de plus belle dans le tissu blanc, relève la tête, regarde son mouchoir. On voit qu'il est taché de rouge.*

GABRIEL

C'est mon sang ! *Il s'évanouit entre les bras de Fred.*

FRED

Désespéré, qui le porte, le visage tourné vers le ciel.

C'est son sang !
Non ! Paris, tu ne peux pas
Nous prendre cet enfant !

Scène 2

Gabriel, Fred, Mathilde

Dans le salon des Berger. Mathilde fait des vocalises en mineur, assise au piano, lorsque la sonnette retentit.

MATHILDE

S'interrompant.

Tiens ! Ce doit être Gaby. *Elle se lève, ouvre la porte. Paraît Fred qui porte Gabriel dans ses bras. Mathilde met la main à sa bouche en les voyant tous deux.*

Oh ! Mon Dieu !

FRED

Qui entre.

Madame Berger… Je suis Fred, le peintre de Montmartre.

Et votre petit gars, c'est mon meilleur ami.

Je peignais tout à l'heure ; il était derrière moi, il a toussé, alors, je lui ai prêté mon mouchoir blanc. Dessus,
C'était du sang. Il a dû prendre froid… Il s'est évanoui,
Mais il respire, entre mes bras.

MATHILDE

Dans un sanglot, posant une main fiévreuse sur le front du petit.

Mon petit, mon tout-petit ! Reste avec nous encore un peu !
Nous allons te porter dans ton lit. *À Fred.* Merci, monsieur.
Mon fils a toujours eu des amis merveilleux…

FRED

Avant de le connaître, vous savez, je n'étais pas joyeux.
Je ne savais pas peindre avant de le connaître,
J'ignorais la beauté de l'espoir douloureux.
Où est sa chambre ?

MATHILDE

Suivez-moi, monsieur Fred. C'est par là. *Elle désigne un couloir, Fred emporte Gabriel dans ses bras.*

Quand je pense qu'en décembre, rien n'était comme cela… Gabriel était bien, Gabriel était là

Qui courait dans le vent pourvu que ça lui chante,

Gabriel comme avant, pauvre enfance innocente, les mots doux loin du mal

Et de la gravité !

Gabriel maintenant qui ne peut plus courir, Gabriel et Chagall, Gabriel perd son sang

Qui n'aura jamais tant aimé !

En larmes, elle sort son téléphone qu'elle porte à son oreille.

Sanglotant : Oui, mon chéri… je… si, ça va… enfin non, ça ne va pas… C'est Gaby…

Scène 3

Poeta, Stella

Dans Notre-Dame. Stella est assise devant le chœur, un bonnet bleu entre les mains. Elle le regarde, de temps à autre, puis reporte son attention vers la Pietà.

POETA

Qui contemple elle aussi la Pietà.

Il fait gris sur Paris qui sommeille, c'est dimanche.
Notre-Dame est ouverte, il est tôt, mais personne.
Personne d'autre que celle qui regarde et qui penche
Quelquefois son visage sur un bonnet de laine.
Bonnet de Gabriel face à la toile blanche
Qui recouvre l'autel et, quelque peu froissée,
Le laisse, par maints endroits, glacial et dénudé.
Plus loin,

La *Pietà* douloureuse et son marbre souffrant entre les petits anges, et ses deux mains ouvertes à la vie transpercée !

Et son cœur d'une flèche à jamais traversé !

Sous le drapé de pierre, un cri, pourtant figé, qui parle du silence ; incomprise la peine, injuste la souffrance

Écriée par la mère sur le fils endormi ! Car on dirait qu'il dort, l'homme aux membres meurtris, il dort,

Dans la mort écrasante aux genoux de la mère, qui voit son tout-petit ! C'est un enfant qu'elle voit tout contre elle endormi,

C'est un petit garçon qui bien vite a grandi, et qui a dû mourir depuis sa force d'homme,

Pour demeurer cet ange au plus profond de lui !

Pour qu'au couchant du monde la terre s'en étonne !

Ne reste que l'enfant dans les bras de Marie,

Sa douleur, et son cri,

Incarné par cette île où Notre-Dame bâtie dresse tout éperdue sa flèche de musique !

L'île de la Cité ; le poumon de Paris !

Berceau de sa mémoire somptueuse et terrifiante,

Susurrée par les pierres et d'année en année !

Chemin perpétué par les touches d'artistes et qui peut-être, un jour, percera notre ciel à force de beauté sur la douleur immense !

Je respire, car je vois, à l'intérieur de moi, dans cette cathédrale où résonnent encore

Les histoires de France, dans cette cathédrale, Stella qui pense à lui ; ce tout petit grand cœur qui s'est penché sur elle aux portes incroyables,

Lui qui ne porte plus son bonnet. Qui le lui a donné. Stella revoit l'éclair depuis l'obscurité, de ce crâne fragile où la vie se démène,

Où la peur se débat ; brin de lune

Sous le bonnet de laine qui a pris, tant porté,

La forme du visage ravi de Gabriel !

Stella exécute exactement ce que Poeta décrit.

Oh ! La voici qui se lève, avec le bonnet bleu. Elle est seule, elle est belle sous la voûte céleste aux étoiles taillées,

Dans son regard, la mer, qui passe sur sa joue par la marée creusée, son visage ridé d'amer et de bonté. Elle avance lentement jusqu'au chœur éternel,

Mon battement de cœur est mouillé,

S'accélère,

Car je la vois qui monte pauvrement les marches ; contre son cœur ouvert est le petit bonnet ! Serré tout contre sa misère,

Et sa bonté.

La *Pietà* la regarde qui pleure un enfant, chacune elles se comprennent, et Stella, en tremblant,

Dépose sur le marbre et la laine et le sang.
Le bonnet bleu scintille sur la pierre d'argent,
Pauvre ciel contenu sur des rêves plus grands,
Lune bleue qu'illuminent et la mère, et l'enfant,
Notre-Dame envolée, un mystère,
Gabriel, et le temps.

Stella, après être demeurée quelques instants devant la Pietà *recueillie, s'en retourne d'un pas tranquille.*

Scène 4

Gabriel, Mademoiselle, Mathilde *puis* Fred

Dans la chambre de Gabriel. Tout pâle, il est assis dans son lit contre de grands coussins. Mathilde est assise à côté de son fils, elle lui tient la main. L'infirmière range ses flacons sur la table de nuit.

MADEMOISELLE

Joyeusement.

Et voilà ! C'est fini, la piqûre. Fini pour aujourd'hui !
Tu as été très courageux, petit bonhomme.
Parce qu'une piqûre, on pourra dire ce que l'on veut,
C'est une petite blessure.

GABRIEL

D'une voix très faible.

Alors, vous partez, Mademoiselle ?

MADEMOISELLE

Touchée, cesse de ranger sa mallette et s'agenouille par terre, près du lit.

Je pars, mais je reviens demain. Vois-tu, il y a d'autres enfants qui m'attendent à Necker.

GABRIEL

Ils sont malades, eux aussi ?

MADEMOISELLE

Gravement.

Oui, Gabriel. Ils souffrent aussi, comme toi. Et ne peuvent pas encore rentrer à la maison.

GABRIEL

Alors vous leur direz, Mademoiselle, qu'il y a un petit garçon

Qui pense très fort à eux, qui est malade, lui aussi.

Vous leur direz surtout que ce n'est pas très grave, puisque la maladie, c'est un morceau de vie, et que la vie c'est beau,

C'est ce qu'il y a de mieux. C'est aussi fort qu'une allumette qu'on craque même si elle finit par s'éteindre.

Il faut la regarder tout de suite, ne plus la quitter des yeux pour ne pas perdre une étincelle,

Elle est trop vive, la flamme ; on ne peut pas la peindre,

Mais les yeux courent après elle, et moi

Je sais qu'elle danse dans ma prunelle.

J'aimerais la prendre au creux de ma main, mais cela brûle. Alors je la laisse vivre et s'envoler d'elle-même ;

Elle ne monte pas bien haut,

Mais elle est joyeuse comme une fête.

J'approche mes paumes qui se réchauffent à peine,

Et je me dis que jamais je n'ai rien vu d'aussi joli.

Pour que la flamme existe, il faut

Que meure l'allumette.

Vous leur direz, Mademoiselle, ce que je vous ai dit ?

MADEMOISELLE

Bouleversée.

Je… Bien sûr, Gabriel. Je leur dirai cela. Je suis certaine

Qu'ils seront consolés quelque part, grâce à toi…

GABRIEL

Se penche vers l'oreille de sa maman, lui murmure quelque chose. Mathilde sourit, se lève et va chercher un petit livre dans la bibliothèque, qu'elle remet à son fils. Il tend le livre à l'infirmière.

Tenez, Mademoiselle. C'est pour eux, cette histoire. Vous la raconterez aux enfants tout à l'heure, d'accord ?

C'est celle que je préfère. On croit qu'elle est triste, mais en fait,

Elle est belle. Car dans le froid, elle dort.

C'est *La Petite Fille aux allumettes.*

MADEMOISELLE

Merci, Gabriel. Tu as beaucoup de cœur, et mes petits malades seront heureux.

Ils n'ont jamais reçu de cadeau si précieux.

Au revoir, mon bonhomme. *Un clin d'œil.* Prends soin de ta maman. Au revoir, madame, et à demain !

MATHILDE

Posant une main amicale sur son bras.

Au revoir, Angèle.

Merci d'être venue pour Gabriel, même si c'est dimanche,

Et pour votre douceur et pour votre sourire.

Il ne voulait que « Mademoiselle » ! *Elle se lève pour la raccompagner jusqu'à la porte de la chambre.*
Vous connaissez le chemin.

MADEMOISELLE
Émue.

Vous savez, j'ai appris quelque chose, avec vous :
N'importe quel malade peut guérir en musique,
Même si son corps s'en va, qu'il ne peut plus porter.
La mélodie du don purifie tous les cœurs
Qui savent partager…
Votre petit garçon, je ne l'oublierai jamais.
Elle sort. Mathilde se rassied sur le lit.

MATHILDE

Ça va, Gabriel ?

GABRIEL

Oui, oui. Et toi, Maman, ça va ?

MATHILDE

Moi, je vais bien, mon grand, puisque je suis avec toi.
Tu n'as plus mal, alors ?

GABRIEL

Si, ça me fait mal. Mais ça va bien quand même, tu sais. Qu'est-ce que tu vas chanter demain soir, dis, Maman ?

MATHILDE

Secouant la tête.

Oh ! mon chéri, je crois que je vais annuler le concert… Je n'y arriverai pas… Je préfère rester ici, simplement, avec toi.

GABRIEL

Tu sais, Maman, il ne faut pas arrêter de chanter

Parce que j'ai un cancer. Moi, j'aime quand tu restes avec moi, mais j'aurai de la peine si tu ne vas pas chanter pour les autres demain. Parce qu'aux autres, tu leur fais du bien.

N'est-ce pas, Maman, que tu es un peu médecin ?

MATHILDE

Rit doucement, serre son fils contre elle.

Je te l'ai dit cent fois, mon trésor, mais je t'aime, tu sais !

Maman t'aime très, très fort.

GABRIEL

Même quand je serai mort ?
Aïe, tu m'étouffes, Maman !

MATHILDE

Qui sursaute, et lâche son étreinte.

Gabriel…

GABRIEL

Tu sais Maman, je le sais, que je vais mourir. Et non pas *m'en aller*. Mais c'est pas grave, tu sais !

MATHILDE

Après un court silence. Non, mon chéri. Tu as raison.
Ce n'est pas grave.
Parce que vois-tu, quand on s'aime très, très fort,
La distance ne compte pas. Même pas celle de la mort. Rien ne sépare les cœurs qui s'aiment. Parce c'est l'amour, le plus fort.
C'est l'amour, le vainqueur. Ses liens sont invincibles, il n'est rien en ce monde qui puisse les abîmer.

Oui, des liens très, très solides… *Un clin d'œil.* Moi, j'appelle ça des cordes, et l'amour, c'est l'archet.

Je serai près de toi.

Tu seras Gabriel dans mon cœur et celui de Papa,

N'importe où que l'on soit. Et la musique, elle sera, oui, notre rendez-vous !

Notre repère, notre chez-nous.

GABRIEL

J'aime bien quand tu dis les vrais mots, Maman.

Si on va mourir, il ne faut pas dire *s'en aller.*

Surtout si, quand on meurt, on reste toujours auprès des êtres aimés.

MATHILDE

Tu as raison, mon Gaby. Il ne faut pas avoir peur et dire ce qui est vrai. Ne jamais cesser de croire au bonheur,

Et l'espérer sans fin. Quand on aime la musique, la peinture et l'histoire, on ne peut pas croire

Que la mort soit une fin.

GABRIEL

Il ne faut pas t'inquiéter, Maman,
Puisque je serai dans les couleurs de la musique,
Auxquelles celles de Chagall
Ressemblent tant. Et puisque je n'aurai plus mal !

MATHILDE

Je ne m'inquiéterai pas, mon chéri, c'est promis.
Et quand je chanterai, ce sera avec toi. Mes oreilles, elles,
N'entendront plus ta voix, mais mon cœur, si.
Ta voix, à l'infini. Nos trois voix réunies.

GABRIEL

Moi, je sais, Maman, que tout se passera très bien, sur la colline. Même si tu as de la peine, à cause de moi.
Car tu chanteras demain, oui ? Tu le feras pour moi, dis ?
Chante, Maman, chante à la basilique lundi !

MATHILDE

Si je monte là-haut, sur la butte, et si je chante haut,

Et si je chante bien, et si je chante avec ma peur,
Ce sera grâce à toi, mon Gaby. Ce sera avec toi qui souris
Sur une corde de mon cœur.

La sonnette retentit.

Tiens ! Qui cela peut-il être ? *Mathilde sort pour ouvrir. Elle revient quelques instants plus tard, suivie par Fred, en pull-jean-tennis, qui tient un paquet à la main.*

Surprise, mon chéri ! *Elle s'éclipse.*

GABRIEL

Tout heureux, qui se redresse vivement.

Fred ! Tu es venu !

FRED

Qui s'assied sur une chaise aux côtés de Gaby.

Évidemment, Archangelo ! Qu'est-ce que tu crois, que j'allais attendre assis, sur mon tabouret de bois, au Tertre,
À ne rien faire sans toi ?
Rien d'autre que broyer du noir, peindre une scène à l'envers ?
Tu sais, elle a beau être remplie, notre place des peintres, sans toi, pour moi, c'est comme si elle était vide. Comme si c'était désert.
Tu étais des nôtres, pas vrai, p'tit gars ?

GABRIEL

Merci, Fred, ça me fait très plaisir que tu viennes me voir.

FRED

Un grand ami, ça ne manque jamais à son devoir.

Il lui tend son paquet.

Tiens, petit. Tu l'avais oublié, hier, avant… que je te prête mon mouchoir. *Gabriel prend le paquet avec reconnaissance, le déballe et le serre contre son cœur.*

GABRIEL

Ma petite fille aux allumettes…
Merci, Fred, pour elle, et aussi…
De m'avoir appris à colorier comme toi.

FRED

Les larmes aux yeux, en riant.

Mon petit ange, mon petit artiste,
Le plus grand des petits parmi mes apprentis !
Tu sais que tu n'as pas le droit de nous faire ça maintenant ?
Tu sais que c'est sensible, un artiste ?

Et qu'à cause de toi, mon cœur, il se transforme en artichaut ? Il fond comme des pleurs dans l'eau ?

GABRIEL

Si tu veux, Fred, nous,
C'est la peinture qui sera
Notre lieu de rendez-vous !
Je ne peins pas comme toi, mais,
Peut-être qu'ils auront des crayons, au paradis ? Dis, Fred, tu crois qu'ils en auront ?

Fred n'a pas le temps de répondre, la sonnette se fait de nouveau entendre.

Papa ! C'est mon papa qui a oublié ses clefs, comme chaque fois. Tu devrais le connaître, Fred, mon papa. Parce que,
Aussi vrai que tu es mon ami,
C'est un type drôlement chouette ! Qui joue de la guitare.
Et qui fait des folies. Et qui raconte l'art.

FRED

Puisque tu es son fils, il ne peut être qu'extraordinaire, ton père ! Allez, Gabriel. Il faut se dire au revoir. *Il soupire et regarde longuement Gabriel.*

GABRIEL

Qui lui donne une grande tape dans le dos.

Au revoir, Fred. À bientôt.

FRED

Bredouillant, s'efforçant de contenir sa peine.

Au revoir, Archangelo.

Il se dirige lentement vers la porte, s'apprête à sortir et se retourne une dernière fois. Gabriel lui fait au revoir de la main, il y répond, paupières humides, et sort.

Scène 5

Gabriel, Philippe *puis* Poeta

Dans la chambre de Gabriel. La nuit par la fenêtre n'est pas encore tombée. Assis au chevet de son fils, Philippe lui raconte la fin de La Petite Fille aux allumettes *d'Andersen.*

PHILIPPE

« Le lendemain matin, cependant, les passants trouvèrent dans l'encoignure le corps de la petite ; ses joues étaient rouges, elle semblait sourire ; elle était morte de froid, pendant la nuit qui avait apporté à d'autres des joies et des plaisirs. Elle tenait dans sa petite main, toute raidie, les restes brûlés d'un paquet d'allumettes. "Quelle sottise ! dit un sans-cœur. Comment a-t-elle pu croire que cela la réchaufferait ?" D'autres versèrent des larmes sur l'enfant ; c'est qu'ils ne savaient pas toutes les belles choses qu'elle avait vues pendant la nuit du nouvel an, c'est qu'ils ignoraient que, si elle avait bien souffert, elle goûtait maintenant dans les bras de sa grand-mère la plus douce félicité. »

Et voilà… *Il referme le livre gravement.*

GABRIEL

C'est une très belle histoire. Merci, Papa, d'être allé me racheter ce livre. *Philippe lui caresse le crâne sans répondre.*

Elle te rend triste, Papa, cette histoire ?

PHILIPPE

Cachant son émotion.

Bah, un peu, tout de même.

GABRIEL

Pourtant, elle est morte avec le sourire, la petite fille aux allumettes. Et sa grand-mère qui l'aime, elle ne pouvait pas avoir de la peine,

Puisqu'elle était déjà au ciel ! *Il tousse à plusieurs reprises.*

PHILIPPE

Qui lui tend un mouchoir, une main sur son épaule.

Vas-y, tousse, mon petit gars… Fais-le sortir, ce vilain mal…

GABRIEL

D'une voix faible.

Est-ce que Maman a commencé à chanter, là-haut,

Sur la colline aux martyrs ? Ou bien il est trop tôt ?

PHILIPPE

Jetant un œil à sa montre.

Je pense qu'elle est en train de chauffer sa voix, en ce moment.

Et l'orchestre, et le chœur, en train de s'accorder.

Tu te souviens, toi, de ce qu'elle chante ce soir ?

GABRIEL

Le *Stabat Mater*, Papa. J'ai entendu Maman le répéter !

Même que la voisine était très agacée ; elle disait

Que Maman faisait trop de bruit pour un après-midi,

Parce que c'était l'heure de la sieste. Pauvre dame qui râlait,

Moi, je suis sûr qu'elle a des problèmes à l'oreille ;

Elle ne sait pas écouter puisqu'elle entend du bruit !
Tout ça, pour un sommeil !

PHILIPPE

Amusé.

Encore une teigne !

GABRIEL

Heureusement, que tu n'étais pas là ! *Il tousse.*
Tu te serais fâché.

PHILIPPE

Honteux.

C'est bien possible, en effet… *Il se lève.*
Mon Gaby, je crois que c'est l'heure
De te coucher…

GABRIEL

Soudain inquiet.

Oh non ! Papa, reste. S'il te plaît, reste encore un peu avec moi. J'ai pas envie de dormir. J'ai froid.

PHILIPPE

Tu veux une couverture ?

GABRIEL

Non. Ce n'est pas là que j'ai froid.
Ce sera trop dur, de sourire si tu t'en vas.
S'il te plaît reste, reste, mon papa !

PHILIPPE

Qui se rassoit.

Bon, bon, tu as gagné, mon p'tit gars.
Je suis là, à côté de toi.

GABRIEL

Jusqu'à ce que je m'endorme ?

PHILIPPE

Toute la nuit, si tu veux.
Gaby, qu'est-ce qui ne va pas ce soir ? Dis-moi, tu veux ?

GABRIEL

J'ai peur d'être tout seul. J'arrive plus à sourire quand je suis tout seul. Et puis, j'ai mal au cœur.

PHILIPPE

Tu veux que j'appelle Maman ? Elle a encore le temps de revenir, tu sais. On s'en fout du concert si tu as besoin d'elle
Près de toi.

GABRIEL

Non, non ! Il faut que Maman chante ce soir, c'est important.

Et c'est pour moi qu'elle chante. C'est pour moi maintenant… *Il tousse.*

Dis, Papa, tu veux bien ouvrir la fenêtre ? Je veux sentir Paris qui entre dans ma chambre…

Son père se lève, ouvre grand la fenêtre.

Tu sais, Papa, je t'aime très fort.

PHILIPPE

Touché.

Moi aussi, mon bonhomme. Même si je ne sais pas toujours bien le dire.

Subitement : Tu sais quoi ? Papa va sortir sa guitare. Rien que pour toi. Ta petite oreille sera indulgente, d'accord ?

Voilà près de dix ans que je n'ai pas touché ces fichues cordes !

On dit que la musique guérit ? Eh bien, la mienne, elle n'est pas très lyrique, elle ne fait pas d'efforts, mais tu verras, elle te fera sourire. Il faut que je l'accorde. *Gabriel sourit sans mot dire. Sa tête retombe lourdement sur l'oreiller. Philippe sort et revient bientôt avec sa guitare, il se chauffe.*

Là ! ça devrait être juste.

Gabriel, mon p'tit gars, tu connais la chanson du sourire ? Elle ne ressemble pas aux opéras de Maman. C'est le chant de Papa, qui veut dire : « Souris, même si tu as de la peine, même si tu as le cœur gros, même si ton chagrin pèse, parce que la vie,

Tout de même, ça en vaut bien la peine ;
Oui, pour aller plus haut ! »
Et quand je dis la vie, c'est tout ce qui va avec.

GABRIEL

Faiblement.

Même la mort ?

PHILIPPE

Avec force.

Même la mort. *Et il se met à jouer en regardant son fils, comme pour lui parler. Il se balance au rythme de la musique. Gabriel, petit à petit, s'assoupit en souriant. Vers la fin de la chanson, un coup de vent s'engouffre dans la petite pièce. Philippe pose sa guitare et ferme la fenêtre. Il s'en retourne vers Gabriel qu'on dirait endormi.*

PHILIPPE

Doucement, s'approchant du lit.

Gabriel ? *Il se penche, soudain fébrile.* Gabriel ! Gabriel, mon p'tit !

Il hurle. Non ! Non ! Dis-moi que tu es là ! Que tu n'es pas parti !

Il prend son petit poing fermé sur la boîte d'allumettes de Stella.

Des allumettes… *Il prend son fils dans ses bras et pleure contre lui, puis s'écrie :*

Mathilde ! *avant de s'asseoir, anéanti, contre le bois du lit, Gabriel dans ses bras. Entre Poeta, bouleversée.*

POETA

Il pleure, l'homme qui a mal, il pleure la vie qui lui a échappé. La vie qui file entre les doigts,

Que, malgré sa force, il ne pouvait pas protéger contre elle-même. Mais viendra la musique, mais viendra le poème,

Où leur petit garçon pourra les retrouver,

Qui s'est éteint comme une braise au vent joli d'avril,

De mes premiers printemps,

Dans sa course contre le temps.

Petite vie fragile

Que le temps a volée !

Et moi, je souffre aussi. Gabriel dont le souffle a remué Paris ! Dont la voix m'a touchée !

J'ai le souffle trop court, moi aussi, et par moi, c'est Paris tout entier qui tremble, qui sanglote et qui hurle ! Et qui ne comprend pas.

Qui gronde après la vie donnée que le temps a reprise !

Que le temps a volée !

J'ai mal, c'est mon poumon, mon poumon oppressé par ma douleur de mère va crier sur Paris sa peine, et son malheur ! Va crier à la vie son manque et sa souffrance !

Mon cri désespéré s'abattra sur la France, car mon poumon me blesse, je ne puis respirer sans amour plus longtemps,

Effondrée par la mort du petit Gabriel

Qui n'est pas encore avec moi ; il faut le temps que son cœur

Monte au ciel. Je le prendrai entre mes bras,

Car je veux que la France le connaisse ! Car Paris doit savoir, Paris doit retrouver sa racine, sa joie, et d'abord, oui, les enfants de ma ville

Doivent pâtir avec moi qui suis son âme fébrile !

Car sans eux, je mourrai ! Moi qui veux les sauver
Qui les enseigne, bien qu'ils n'aillent
Qu'aux lieux où ça leur chante
Et parfois si lointains de ma douce acoustique...
Je souffre de les voir qui ne savent pas aimer
Comme le petit garçon que je viendrai chercher en musique,
Quand j'aurai consolé ceux qui l'aiment,
Et quand j'aurai crié !
Déversé sur Paris l'amer de mes entrailles et brûlante,
Ma colère !

Scène 6

Mathilde, l'orchestre, les spectateurs, Poeta

Dans le Sacré-Cœur. Mathilde, vêtue de sa robe bleue, est en plein concert, accompagnée par l'orchestre. Ils présentent Vidit suum dulcem natum *puis* Eia Mater fons amoris *du* Stabat Mater *de Pergolèse. Son chant n'a jamais été si empreint d'émotion. Pendant qu'elle chante parle Poeta.*

MATHILDE

Vidit suum *dulcem natum*
Morientem desolatum, morientem desolatum,
Dum emisit spiritum.
Vidit suum dulcem natum
Morientem desolatum, desolatum,
Dum emisit spiritum.
Vidit suum dulcem natum
Morientem desolatum, desolatum,
Dum emisit, dum emisit spiritum.

Eia mater, fons amoris, fons amoris,
Me sentire vim doloris, vim doloris
Fac ut tecum lugeam, lugeam.
Eia mater, fons amoris, fons amoris,
Me sentire vim doloris
Fac, ut tecum lugeam,
Fac, ut tecum lugeam.
Eia mater, fons amoris,
Me sentire vim doloris, vim doloris,
Fac, ut tecum lugeam,
Fac, ut tecum lugeam, lugeam.

POETA

Elle vit l'enfant bien-aimé,
Elle vit l'enfant nouveau-né
Mourir seul et abandonné,
mourir seul et abandonné,
Et soudain rendre l'esprit...

Ce que tu chantes, Mathilde,
C'est ton cœur qui te l'a inspiré, car ton petit fragile
Monte en même temps que ta musique ;
Fatigué, il a rendu l'esprit aux notes de sa vie.
Sur le dernier accord des paroles du sourire, jouées par ton amour au même instant où tu chantes, Gabriel a saisi par-dessus la musique

Un soleil pour son cœur désormais envolé,
Mais ne pleure pas, Mathy ; je viendrai le chercher.
Ne pleure pas, mère jolie, et mère
Désolée, car ton enfant te l'a dit. Ton tout-petit sait bien que l'harmonie l'attend
Trempée dans les couleurs sur le ciel de Chagall.
Son oreille et son mal, je les connais par cœur ; à ce cœur qui m'entend j'ai pu dire souvent
Que viendrait un matin sur Paris bouleversé où Poeta la Muse le prendrait par la main, pour lui montrer là-haut le secret des musiques
Qu'il avait ressenti depuis sa petite âme ! Ne pleure pas, Mathilde. Car ta douleur de femme
Est ce qui te permet, là, de monter si haut ! Tu chantes éperdument, tu chantes comme jamais ;
Ce que ta tête ignore, ton cœur le sait ; ton cri plus fort, c'est ton fils qui te le prête en mourant. Car sur la terre, il avait
Le souffle court. Et maintenant,
Ce dernier soupir du sommeil,
C'est à toi qu'il choisit de le remettre ; il t'offre ce qui reste,
Sa candeur, son oreille,
Et tout le peu qu'il a, ce peu qui est un tout, oui !

Toute sa richesse, et que ce soir, tu déploies dans ton chant !

Pauvre respiration trop faible auparavant,

Que les notes et l'amour éclatent ; et c'est le vent !

Philippe a joué les accords et le *la* pendant que toi,

Tu entonnais le *do* ! Pendant que tu chantais

Le premier mot, Gabriel s'envolait là-haut, quittait son petit corps qui lui faisait trop mal, et t'insufflait sa force pour chanter plus haut !

Gabriel qui savait que tu n'en aurais plus, Mathilde, de force, et sa mort,

C'est le signe éternel de son cœur mis à nu ;

Petit garçon qui choisit son moment pour partir, qui a voulu

Que sa dernière chanson sur la terre soit pour d'autres que lui ! Le chant de son soupir était pour toi, Mathy, pour toi qui es sa mère, et même,

Sa mélodie !

La musique est déjà croisement de vos vies, et lieu de rendez-vous. Moi, l'âme de Paris, je la comprends, cette douleur qui me déchire aussi ! Car j'ai crié, pour vous, à m'en déchirer les poumons et les pleurs !

J'ai crié sur la ville au coucher du soleil, et mon cœur a brûlé sous ma respiration ! Mon poumon déchiré ! Car Notre-Dame brûle, en même temps que moi ! Et j'ai mal, et je souffre, car elle se consume sur le plomb de ses toits !

Paris, ma ville qui la regarde et qui n'en revient pas. Paris qui se souvient, ce soir, pour la première fois en ce siècle nouveau,

Qui se souvient de moi ! De moi qui lui raconte la mort de Gabriel pour que l'amour la gagne au soufre de mes flammes !

J'ai perdu ma charpente, j'ai perdu mes vitraux !

Qu'elles se propagent, les flammes, et que le peuple les contemple, et que le peuple continue de les regarder

En pleurant, peuple qui prie devant la cathédrale, peuple qui réalise toute sa beauté maintenant qu'elle s'effondre, et qui comprend sa force et qui comprend sa place !

L'île de la Cité tremble sous la blessure qu'elle n'accepte pas, Gabriel envolé c'est l'histoire qui s'enfuit, la fonte des sculptures, et plus rien qui résiste, et plus rien qui ne dure

Que ce feu trop immense qui ne s'arrête pas ! Il faudrait que je pleure pour l'étouffer, ce feu, mais je n'y arrive pas, j'ai déjà peine à respirer !

Mon poumon est malade, et maintenant, maintenant…

Ah ! J'ai mal, j'ai mal ! C'est un coup qui me frappe, un trait qui me déchire, une épée sur mon cœur pendant que je respire,

Car la flèche est tombée du toit de Notre-Dame !

Une flèche transperce mon chœur d'une flamme !

Mes siècles accourent qui veulent me sauver, mais il est tard, trop tard ! Paris perd son enfant, et mon cœur est brisé.

Que ses débris deviennent des morceaux de musique auprès de Gabriel ! Que Paris qui halète, ma France à l'agonie qui perd une partie d'elle-même

Viennent me consoler ! Viennent la retrouver, cette partie en elle, cette âme noble, au fond de sa beauté abîmée par ces choses qui ne sont pas de l'art, qui ignorent l'amour,

Que tout cela devienne maintenant de l'amour,
Que Gabriel enseigne à Paris sa beauté !
Que mon pays se taise et renaisse à l'amour
De son histoire immense et de sa voix chantée !

Mère qui chante, tendresse de ton petit,
Ton trésor, et celui de Paris endeuillé,
Fais-moi sentir grande tristesse
Pour que je pleure avec toi…

Applaudissement du public quand Mathilde a fini. Quelqu'un monte sur scène et lui murmure quelque chose à l'oreille. Bouleversée, elle demeure figée quelques instants, en oublie de saluer.

L'ORCHESTRE, LES SPECTATEURS

Pêle-mêle

Notre-Dame ! Notre-Dame brûle !
La flèche est effondrée ! Notre-Dame a brûlé !
Il y a le feu à Notre-Dame !
Il ne reste plus rien ! Oui, c'est désespéré !
Pas possible ! Non, non, ce n'est pas vrai !

MATHILDE

Qui descend du chœur, fiévreuse, se fraie un chemin parmi les spectateurs.

Excusez-moi, pardon, je dois passer…
Mon Dieu ! Notre-Dame ! Notre-Dame, brûlée ! Non, non
Je ne peux pas y croire ! Notre-Dame, c'est ma ville, c'est Paris, notre histoire… C'est un morceau de moi qui s'en va, arraché !
Quelque chose est parti, épuisé, dans mon âme,
quelque chose d'immense, quelque chose d'ancré,
Un pilier qu'on écorche, dont le marbre vous blesse.
J'ai perdu le repère du battement de France !

Notre-Dame de Paris, en toi j'ai pu chanter avec mon tout-petit ! Et c'est toi, la plus forte, toi, l'éternelle,

Qui nous délaisse ?

N'abandonne pas Paris ! C'est drôle, mais en moi, la musique est brisée comme si, comme si, oui, cette cathédrale, elle voulait me parler ! Je ne peux plus chanter, mais j'écoute ;

Oui, que veut-elle me dire ? Notre-Dame qui brûle, c'est la France qui pleure toute, c'est Paris qui s'écrie qu'il a mal sans l'amour,

Notre-Dame d'amour, c'est… Gaby ! Son bonnet bleu ! *Elle se met à courir.* C'est Gabriel, mon tout-petit, non ! Son toit qui brûle…

Notre-Dame a perdu ses cheveux !

Non ! Supplice ! Ma ville, ne me dit pas ce soir

Que ce cri de l'histoire m'a pris aussi mon fils ! *Elle chancelle dans sa robe bleue, s'évanouit dans les bras de quelques spectateurs.*

LES SPECTATEURS

Par ici, de l'aide !

Il faut la porter jusqu'au chœur…

Scène 7

Gabriel, Philippe, Mathilde *puis* Poeta

Dans la chambre de Gabriel, il fait nuit. Tout est calme. Mathilde, assise sur le lit, tient Gabriel serré contre elle, le berce, et ne dit rien. Philippe, le front contre la fenêtre fermée, les poings serrés, se retient de taper contre le mur. Il empoigne soudain sa guitare, et fait un mouvement pour la cogner contre la paroi. Au dernier moment, il renonce, dépose l'instrument par terre.

PHILIPPE

Brusquement.

Pourquoi, tu n'étais pas là ? Tu m'as laissé tout seul !

Tout seul, Mathilde ! Et Gabriel mort, mort ! Mort sans toi. Tu l'as laissé tout seul, ce petit qui disait « Je ne peux plus sourire », « J'ai froid », « J'ai peur tout seul ».

Moi, je ne suis qu'un papa ! Je ne peux pas le réchauffer comme toi ! Tu entends, Mathy ? Je n'ai pas réussi !

Pas réussi à protéger mon fils, et le mal a gagné ! Gagné contre Gaby !

Et nous l'avons perdu… Ah ! *Il s'interrompt et dans un mouvement de colère, part en claquant la porte. Mathilde pleure en silence.*

MATHILDE

Pardonne-moi, mon chéri… *Elle le berce toujours.*

Pardonne ta maman qui ne peut plus chanter, ce soir,

Sous la lune,

Sans toi. Sans toi, sans toi, sans toi pour l'écouter…

Avec douceur. Où es-tu, mon trésor ? Où es-tu donc parti ?

Ma berceuse, ce soir, c'est mon silence devant ta mort.

C'est l'espérance, quelque part, que tu es là qui m'entends

Te dire que je t'aime, que tu vas me manquer, que je n'ai plus de force, et qu'il faut consoler

Ton papa qui s'énerve, encore, comme souvent… *Entre Poeta pendant que la mère berce l'enfant.*

Il est bientôt minuit, matin où les étoiles pointent au rebord des terres, et ce soir, et ce matin sur Paris, en dépit des nuages de pollution trop denses,

On verra les étoiles scintiller dans la nuit.

Car je viens maintenant pour chercher Gabriel, je le prends dans mes bras qui dansent, et le voici guéri sur mon aile, guéri, qui fait de la musique. Il joue son instrument,

Depuis l'étoile polaire scintillant sur Paris qui ne peut pas dormir, Notre-Dame dont la pierre éclairée par la lune se dresse malgré tout sur son île inondée.

Tout inondée de monde,

Tout inondée de larmes, et d'espoirs, de prières.

Je respire doucement, ma colère

S'est éteinte sous les flots des pompiers qui prennent soin de moi, qui me sauvent,

Puisque mon peuple, humble, qui ploie sous le chagrin des pierres,

M'a enfin regardée ! Puisqu'il perçoit à travers moi la petite vie donnée, que je ne cesse pas de jouer sur ma lyre, que je chante, sur mon île,

Gabriel dans mes bras…

Mon Paris transpercé qui pleure et se retrouve,
et se rassemble aux portes de sa cathédrale,
Paris dont la beauté naît des douleurs du mal…

Acte IV

Scène 1
Philippe, Mathilde

Dans le salon des Berger.

MATHILDE

Je t'ai fait un café.

PHILIPPE

Coupant.

Ça ne me dit rien, merci.

MATHILDE

Doucement.

Mon chéri, je t'en prie… Je souffre aussi depuis trois jours qu'il est parti, et j'ai besoin de toi. Ne me laisse pas seule !

PHILIPPE

Tu l'as pourtant laissé tout seul, lui ! Tout seul !

MATHILDE

Avec force.

Non ! Ce n'est pas vrai, Philippe ! Ce n'est pas vrai.

Moi, je voulais rester. Gabriel m'a demandé de chanter parce que les autres, ils…

PHILIPPE

L'interrompant.

Arrête ! Gabriel avait besoin de toi. Tu le savais.

Et tu n'étais pas là. Il avait besoin de toi, ici.

MATHILDE

Il avait besoin de moi là-bas !

PHILIPPE

Le ton lourd.

Tu ne portes même pas son deuil…

MATHILDE

Gabriel avait peur du noir. Je n'en porterai pas.

Lui qui n'aimait que les couleurs ! Qui en a déposé tellement dans nos vies, dans les cœurs !
Tu lui ferais l'affront de t'habiller en noir ?
Elle désigne le costume de son mari. Après tout, ça ne changera pas beaucoup de ce costume sinistre que tu mets pour aller au bureau ! Au bourreau, oui !
Ces habits que tu portes un peu comme un fardeau…

PHILIPPE
Énervé.

Mais que connais-tu, toi, à la vie de bureau ?
Et puis, ça n'a rien à faire là.

MATHILDE

Je suis bien contente de ne pas la connaître, ta vie de bureau !
Rien qu'à l'entendre, elle m'horripile !
Tu ne peux pas comprendre. *Elle pleure.* Tu es trop dur, Phil. Trop dur avec toi-même, trop dur avec les autres, tu entends ? Tu étouffes les élans de ton cœur, de peur
De les entendre te dire
Qu'il faut t'abandonner au risque du bonheur !
Je t'ai choisi, Philippe, car tu avais du cœur
Où vibraient les folies, quelquefois libérées,

Loin des bruits de la ville et de la société,
Ta guitare à l'épaule, notre amour à la main…
C'est le garçon que j'aime que je veux retrouver ! Et non pas, en costume, le pingouin étriqué
Qui passe, sur tout le monde, son élan qui se tait de peur de tout lâcher ! Laisse-toi vivre, Philippe, et laisse-toi aimer !
Ce que tu ne supportes pas, ce n'est pas Gabriel parti, c'est toi devant Gabriel qui s'en va ! C'est toi contenu par les jours, et les rêves en surface, l'âme trop à l'étroit dans de pauvres contours ! *Silence.*
Sans toi, moi, je ne peux pas. *Elle attrape son manteau et sort, laissant Philippe muet.*

PHILIPPE

Donnant un grand coup de pied dans la table.

Ah ! Qu'on me fiche la paix !
J'en ai assez comme ça !

Scène 2

Fred, Camille, les gens de la gare

Dans le hall de la gare Saint-Lazare, Camille joue encore une fois le morceau grave et délicat qui avait touché Gabriel. Fred erre, l'âme en peine, son carton à dessins à la main, sans se résoudre à s'asseoir ici ou là. Attiré par la musique, il se poste tout près de la jeune fille qui joue, au même endroit que Gabriel à l'acte II.

FRED

Ému, quand Camille a fini de jouer.

C'est émouvant, ce que vous jouez, mademoiselle.
Vous avez le cœur lourd ?

CAMILLE

Qui se retourne lentement, surprise.

Je… Bonjour…

FRED

Soupirant.

Bah, je vous comprends. Quand une jolie jeune fille a du chagrin,
Elle ne le confie pas au premier gars qui vient,
Et surtout pas à un pauvre bougre comme moi.
Veuillez me pardonner… *Il soulève sa casquette en feutre, s'apprête à s'en aller.*

CAMILLE

Troublée.

Attendez !

FRED

Qui revient.

Votre morceau, il me rappelle
Quelqu'un que je connaissais bien,
Quelqu'un qui s'appelait
Gabriel. C'était un petit ange au grand cœur
Qui ramassait des fleurs depuis les grands chagrins.
Pourquoi avez-vous de la peine ?

CAMILLE

Vous êtes gentil de me le demander.

La dernière fois, c'était un petit garçon qui m'a entendue jouer,
Et dans mes notes, ce chagrin dont vous parlez,
Il est le seul, avec vous qui êtes là, à l'avoir écouté.
C'est drôle, car je crois bien qu'il avait, lui aussi, un prénom d'ange. *Elle rit.*
Il m'a même demandé comment je m'appelais !
Je me souviens qu'il portait
Un petit bonnet bleu, tout de laine.
Je ne l'oublierai jamais.

FRED

Abasourdi.

C'était mon Gabriel ! Il n'y en a qu'un au bonnet bleu,
Qu'un seul qui vous demande, sans même vous connaître
Quel est votre prénom, et si vous êtes heureux !
Je l'appelais Archangelo.
Gravement. Il savait dire les mots, il dessinait le vrai.
C'était mon meilleur ami. Regardez son portrait ! *Il sort une toile déroulée de son grand carton, la montre à Camille.*

CAMILLE

Émue.

Oui, c'est bien lui. Je le reconnais, même sans le bonnet bleu. Il était donc très malade… et pourtant, si joyeux !

Je jouais ma tristesse sur le clavier noir, il est venu chanter, il est venu me voir, j'avais le cœur brisé, mon âme au désespoir, et j'ai souri quand même, parce qu'il souriait !

Sa voix m'a consolée, j'en oubliais

Ma peine, et ma fierté.

Mais vous parlez de lui au passé ? Ce petit, qui parlait de mourir en musique, de mourir en beauté…

FRED

Baissant la tête.

Voici trois nuits qu'il est parti. *Il se reprend.*

Qu'il est mort à la terre pour survivre en musique. Trois nuits…

J'ai compté, vous savez. À Montmartre,

La place des peintres est vide… Pauvre Tertre.

Paris pleure de colère avec sa cathédrale.

Notre-Dame, c'est la vie qui crie contre le mal,

La cité qui soupire après le bonnet bleu.

Je suis mélancolique. Je ne peins que les soirs, les cieux,

Les nuits,

La lune sur la nuit,

Et les aurores. Car le reste m'ennuie. Mais moi, je sais qu'il est toujours ici, quelque part. Ici ou là, tenez, entre vous et moi.

L'amour est le plus fort.

L'enterrement, hier, c'était comme une fête... Tous les peintres y étaient. Et les gens pauvres du quartier. Au Sacré-Cœur, là-haut, des larmes qui pleuraient tous les sourires du monde...

Mais les parents tiraient une drôle de tête. Ce doit être très dur, pour eux. Une douleur... profonde.

CAMILLE

Profonde, douloureuse, la mort

D'un petit innocent...

Ces mots que vous me dites... ces mots qui lui ressemblent et qui me font frémir

Entre les tierces,

Sur le piano-forte qui voudrait nous crier

Que l'enfant tant aimé ici même est présent.

Il parle du mystère des morceaux qui rassemblent

Et qui bercent...

Vous m'avez entendue, et vous êtes venu. J'avais Gabriel dans les notes, et vous, dans votre tête.

FRED

Gabriel en musique réunit certains cœurs
Qui savent l'écouter. Qui savent la peindre, ou la jouer.

CAMILLE

Observant de plus près le portrait que Fred tient à la main.

C'est joli, ce que vous dessinez, c'est plein de vrai, d'espoir, de sensibilité… Vous avez su saisir cet œil et cette oreille
Qui m'avaient consolée ! Ce regard aussi clair qu'empreint de gravité, aussi faible que fort, aussi proche que lointain,
Qui vous bouleverse là *(elle montre son cœur)* depuis sa pureté, comme un petit matin !

FRED

Bêtement, qui la dévisage.

Vous… vous trouvez ?

CAMILLE

Amusée.

Puisque je vous le dis ! Vous avez du talent par-dessus la technique.

FRED

Lui prenant la main avec douceur.

Et vous, vous avez… du… de… *Il la scrute, elle rit.* De la musique…
À part. Ce petit Gabriel est un sacré malin…
Il savait que j'avais besoin d'une autre main
À serrer dans la mienne. Pourvu qu'elle me comprenne !
À Camille. Dites, mademoiselle, sans vous contrarier,
Vous n'auriez pas le temps, pour un petit café ?

CAMILLE

Hésitant.

Je n'aurais pas le temps… *Fred se rembrunit. Elle sourit.*
Mais allez, je le *prendrai* !

FRED

Qui cache son bohneur derrière un air sérieux.

Tant mieux, nous nous raconterons les joies de Gabriel…

Oui, nous ne parlerons rien que de Gabriel, n'est-ce pas,

Mademoiselle ?

À part, les yeux levés au ciel : Archangelo, c'est pas parce que tu en es un vrai, maintenant, qu'il faut me jouer des tours pareils !

Réveille-toi, vieux Fred ! Car tu rêves, oui, pince-toi !

CAMILLE

Se lève, et le prend par le bras.

Vous êtes là ?

Fred secoue la tête en rigolant, passe une main dans ses cheveux en broussaille et finit par lui dire :

FRED

Bon alors, vous venez, mademoiselle aux chagrins harmoniques ?

CAMILLE

Passant son bras sous le sien.

Mon premier rendez-vous de musique !

Scène 3
Mathilde

Dans le chœur de Notre-Dame. Mathilde s'avance d'un air perdu, elle regarde parfois les toits brûlés qui laissent entrevoir le ciel, se fraie un chemin parmi les décombres. Et puis s'effondre sur les genoux, secouée de sanglots.

MATHILDE

Levant la tête, tentant de se calmer.

Devant ces toits brisés, je ne peux pas pleurer…
Je ne sais pas comment ils m'ont laissée entrer, je crois bien… je ne sais plus : j'ai dû me faufiler
Dans les maillons serrés de leur chaîne violente, parmi les policiers… Il me fallait la pierre, la voûte, le silence
Pour retrouver la paix devant la vérité. Oui, mon petit est mort, Notre-Dame a brûlé. Oui, j'ai le cœur qui saigne, oui,

J'ai la voix cassée, mais je viens. Je viens là où mon fils aurait voulu aller, là où il a chanté près de moi sur la scène

Où l'autre Cène a lieu, quelquefois. La *Pietà* me regarde, pas encore enlevée, la *Pietà* douloureuse par un roi commandée, effleurée par la flèche et sauvée par l'histoire,

Je la regarde aussi par-dessus les décombres. Je ne regarde qu'elle, à genoux, éplorée sur le sombre, et avec elle,

Je pleure. Je me tais. J'écoute le silence m'apprendre sa musique. Je ne peux rien faire d'autre. Et j'entends la souffrance. La mienne, celle de Philippe après Gaby, la tienne ma cathédrale, celle de ma ville,

Celle si vaste de mon pays. Mais je vois la poussière, tout là-bas, la poussière du soleil qui pénètre les toits désormais traversés

Par le jour, par la foi, par la lumière du jour,

Et par ses larmes quand il pleut. Ce soleil est sur elle,

Pietà illuminée par les trouées qui s'ouvrent sur les cieux

Du toit brûlé de Notre-Dame… Je la regarde, et la poussière qui tombe sur le rayon doré ;

Je la regarde, et je vais mieux. Comme elle, la *Pietà*, j'ai mon fils à pleurer.

Son regard se fixe soudain au bas de la Pietà. Elle se lève, s'approche tout doucement, s'arrête devant la statue, arbore un geste de surprise émue.

On dirait, on dirait…

Mais… mais ! Mais c'est un bonnet bleu ! *Elle avance et le prend délicatement entre ses mains.*

Mon petit bonnet bleu ! *Elle pleure, son visage dans la laine.*

Bonnet de Gabriel… *Elle lève un visage reconnaissant vers le ciel, et crie :* Merci, mon petit garçon ! Merci, mon grand chéri !

C'est un peu de tes yeux que je tiens contre moi

Quand toi, tu n'es plus là pour me dire « C'est pas grave, Maman », « La vie, c'est beau, c'est ce qu'il y a de mieux ! ». Je sais que tu es là, mon trésor, merci, merci encore,

Merci de me le dire. Redis-le-moi encore !

Et dis-le à ton père, mon Gabriel, tu veux ? Il souffre, il souffre fort ; quand il souffre, il s'énerve…

Tu l'aideras, n'est-ce pas, toi qui connais son rêve ?

Elle rit à travers ses larmes.

Sais-tu, mon tout-petit, ce qu'il faut à ces lieux ?

Un bonnet sur les toits ouverts de Notre-Dame
Qui, comme toi,
A perdu ses cheveux. Panser la plaie de celle
Qui souffre bien un peu, mais qui est toujours droite,
Mais qui est toujours belle,
Elle qu'on a crue perdue ! Et la *Pietà* sauvée ! Debout,
Pierre blessée mais ô combien vivante,
Maternelle au-delà des cendres du passé.
Cendres que sa poussière de soleil a soufflées
Sur le ciel de Paris amer, a soufflées
D'espérance… Comme toi, Éternelle !
Éternel, mon petit, depuis ton cœur immense
Et jusque dans mes bras !
Et plus belle, Notre-Dame, grâce à ton bonnet bleu
Qui nous parle de toi…

Scène 4
Philippe

Dans la salle de spectacle de l'opéra Garnier. Philippe se balade entre les rangées de fauteuils, les mains derrière le dos. Il semble réfléchir, marmonne entre ses dents, puis, debout, regarde éperdument le plafond de Chagall.

PHILIPPE

Qu'on me foute la paix, quoi, à la fin, c'est vrai…

Cette fois, j'ai fait l'effort d'entrer à l'ouverture, et on m'embête encore : « la visite guidée » !

Comment voulez-vous que je parle à mon fils, si d'autres sont là qui caquettent, si d'autres sont là qui commentent,

Qui n'écoutent jamais les couleurs en musique !

Que me racontais-tu, mon petit, l'autre fois ? Tu me parlais d'un rêve… Et je ne comprenais pas, ou plutôt qu'à moitié, comment toi, tu pouvais, libre,

Me demander pourquoi

Je continuais mes jours de travail, moi qui ne les aime pas.

Et pourquoi pas « un travail plus chouette », me disais-tu.

Oui, pourquoi pas ? Tout paraissait si simple dans ta tête, et moi, je me voilais le cœur avec des idées sottes,

Ce cœur par toi fendu, et ouvert en même temps ! Tu manqueras beaucoup à ton papa, mon grand,

Tu lui manques déjà qui ne sait plus quoi faire, qui est perdu sans toi, tiraillé en lui-même entre un vague devoir, et la folie d'une âme que ton absence réveille !

Rêve à jamais vivant par ta petite oreille…

Il scrute un long moment le plafond de couleurs, soupire.

Peut-être es-tu présent, mon p'tit gars, sur ce ciel fabuleux qui nous avait touchés, toi et moi, oui,

Rien que tous les deux, et si tu es bien là, Gaby, pardonne-moi. Pardonne ma colère, pardonne ma guitare

Que j'ai jouée pour toi, que j'ai prise trop tard,

Que j'ai voulu briser, ce soir-là, sur le mur,

Sur Maman et sur moi, sur eux, sur nous, sur moi encore,
Tellement j'étais fou. Tellement j'étais loin. J'aurais craché au monde que je ne voulais pas la mort qui t'arrachait, sans un mot, de nos bras ! *Il pleure.*
Mais quand je me concentre, mais quand je nous oublie sur le plafond des fleurs, mais quand je te retrouve, mais quand je nous souviens,
Quand en moi s'illuminent tes joues roses de neige,
Je me perds, je reviens, je ne sais plus, je ne sais rien ! Je sais que tu voulais l'aventure aux arpèges,
Que ce rêve, c'est le tien et celui de Mathy,
Que c'est aussi le mien, désormais infini ! Libéré par ta voix
Depuis ta main fragile, enivré, qui advient !
Je nous regarde encore aux muses de Chagall ; je ne comprends pas bien,
Désormais,
Cette paix qui soupire en mon âme certaine,
Tranquillité si pleine de ton regard bleu
Comme une mer trop calme,
Sourire qui désarme, Gabriel, oui, c'est toi qui me la donnes, c'est toi, où que tu sois,
Où que tu nous survoles, où que tu nous envoies.

Tu entends, mon p'tit gars, tu fais pleurer ton père,

Qui se mettra encore, quelquefois, en colère, mais qui promet pour toi de se battre contre elle. Contre elle, et pour celle

Que j'aime.

Pour Mathilde qui souffre et que j'ai dû blesser… Pardonne-moi, Gabriel !

Oh ! Je suis en colère, oui, mon grand ; cette fois contre moi,

Qui n'ai pas su lui dire tantôt que je l'aimais !
Tu as été infect, vieux Phil, tu n'as pas été toi.

Car avec Notre-Dame, elle portait double peine,

Après avoir chanté sous les voûtes encore pleines…

Elle est partie, toute seule et meurtrie par ma faute ! Je t'en prie, mon petit, dis,

Dis-moi où elle s'en est allée ! Que mon oreille entende, qu'elle écoute et qu'en moi, raisonne enfin

La voix de ma bien-aimée ! Avec toi, comme avant,

Je suivrai la musique, et aussi, son parfum

À jamais répandu dans mon cœur qui renaît.

C'est samedi désert, mais je le remplirai.

Scène 5

Philippe, des enfants, Mathilde

Sur la butte de Montmartre, au coucher du soleil. Philippe erre comme une âme en peine sur sa moto. Quelques touristes se retournent sur son passage.

PHILIPPE

Qui s'arrête et crie.

Mon Gaby, où est-elle ?
Où ? Dis-moi, Gabriel.
Elle n'était pas à la maison ! Voici des heures que je la cherche ! Et c'est ma faute, je suis si dur, si égoïste. Je suis venu au Tertre, mais à quoi bon ?
Moi qui ai cru qu'en suivant la musique… Oh ! Mais que je suis sot ! J'ai cru entendre une mélodie, elle m'a conduite ici – pauvre gars ! ce n'est que symbolique… ici –, et voilà le résultat ! Personne. Et moi : comme un idiot.

Il n'y a que lui, que Gabriel pour suivre la musique ; car moi, je n'entends rien ! J'ai beau fermer les yeux, j'ai beau ne rien penser, ou presque,

Je ne sens que l'angoisse qui monte,

Car elle n'est pas rentrée, celle que j'aime !

Tu m'entends, Gabriel ? Je demande pardon !

Montre-moi où se trouve ma belle… *Il descend de moto et s'assied sur une marche d'escalier, au bas du Sacré-Cœur, la tête dans les mains. À l'intérieur de la basilique demeurée portes ouvertes, on entend le piano puis un chœur d'enfant.*

LES ENFANTS

Mon amour, c'est la vie…
La vie qui nous regarde,
Et moi qui te souris !
Et moi qui te ressens…

Mon amour, si tu tardes…

PHILIPPE

Qui relève la tête, se met à écouter.

Qu'est-ce que… Qu'est-ce que c'est ?

LES ENFANTS

C'est moi qui marcherai,
Sans un mot, jusqu'à toi,

Jusqu'à toi, mon élan !
C'est moi qui t'aimerai,

Comme un petit enfant...

PHILIPPE

Suivre la musique... *Il se lève, coupe le contact de sa moto, la cale contre sa béquille et marche doucement vers l'entrée de la basilique.*

LES ENFANTS

Je laisserai mon cœur
Te parler, qui m'attend !
Et même s'il pleure,
Je laisserai mon cœur

Te dire : maintenant !

Et surtout si tu pleures,
Ne pas le retenir, cet élan !
Ce chant, ne pas le contenir,
Qui t'aime maintenant !

Mon amour, si tu tardes...

PHILIPPE

Gabriel ! Mathilde ! Mathilde ! *Il cherche dans la foule des touristes.*

LES ENFANTS

Avant que d'arriver
Je t'offrirai mes larmes,
Et l'amour en bouquet
Puisque je te désarme

Comme un petit enfant !

MATHILDE

Qui monte doucement par l'autre côté de la place.

Cet air… on dirait… C'est comme si c'était… Gabriel qui chante… *Elle s'approche des portes du Sacré-Cœur.*

Puisque tu me regardes
Et puisque je t'entends,
J'écouterai tes cordes
J'écoute la musique

Nous dire : maintenant !

Je t'ouvrirai les bras
Mes bras comme les vents,
Les vents qui te redisent
Comme un petit enfant :

L'amour en nous devant !

PHILIPPE

Soudain, qui s'arrête.

Je… je sais ce que j'ai à faire ! *Il sort son téléphone, compose un numéro, attend. Il marche de long en large, ses gestes sont fébriles.*

Allô ? Allô ? Salut, Jim… passe-moi le boss, tu veux ? Si, si, ça va ! Mais si… mais non, je t'assure. Allez, passe-le-moi…

Je m'en fous, de sa réunion ! Je le dérange pour la toute dernière fois… oui… C'est gentil, merci Jim, t'es un frère… *Un instant.*

Oui ? C'est toi, Éric ? Pardon de te déranger, mais je… *Le ton monte.* Non mais tu vas me laisser parler, oui !

À ce moment, Mathilde le voit et s'approche doucement, de plus en plus heureuse et surprise à mesure qu'elle entend.

Eh bien, justement, ça tombe bien, je donne ma démission. Oui, c'est pour ça, comme tu dis, que je t'appelle en réunion ! Et puis on n'a pas idée de bosser le samedi… Non je ne suis pas fou !

Tu es un enquiquineur, tu sais ? Parce que tu as un sale caractère,

Et que tu te prends pour Dieu descendu sur la terre !

Qu'à cela ne tienne,

Au revoir ! C'est sans scrupule que je pars. Avant de m'en aller, je te fais un cadeau, un sage petit conseil : surveille ton humeur d'ours ! Arrête de pomper l'oxygène. Bah, je te plains au fond. Tu crois dominer les autres, tu manipules, mais tu t'empêches d'être heureux. On ne peut pas tout maîtriser. Passer sa vie à la gagner,

Produire à toute vitesse, courir,

Et survoler son existence

Au bord d'un rêve, à bout de patience

Sans prendre le temps d'être ; maintenant, je refuse.

C'est à vomir. J'accuse

Le manque de sens qui nous fera mourir avant l'heure, en piétinant la seule chose qui nous rendait libres :

Notre audace d'enfant, la force d'écouter son cœur, et de le suivre jusqu'au bout.

Je veux apprendre à vivre.

Mathilde le regarde, les larmes aux yeux, n'en revient pas.

Ce n'est pas tout. Je vais te dire une chose, mon pote : tous les petits enfants du monde, ils sont plus forts que nous ! Parce qu'ils rêvent ! Parce qu'ils sourient ! Parce qu'ils écoutent ! Parce qu'ils s'étonnent ! Parce qu'ils ne comptent pas comme nous ! Parce qu'ils chantent ! Ils se moquent des sous !

Et joyeuses Pâques, du fond du cœur ! *Il raccroche.*

Ah, mais ! Faut tout de même pas pousser. Je lui ai cloué le bec, à ce mal embouché !

MATHILDE

Qui s'avance et le dévore des yeux, incrédule.

Philippe…

PHILIPPE

Sans se retourner, ferme les yeux.

La voix de ma musique… *Il se retourne.*

Mathilde !

MATHILDE

Pardonne-moi, mon chéri… Pardon, pour Gabriel,

Pardon, d'être partie… pour les mots que j'ai dits…

PHILIPPE

Vivement.

Je… Non, non !… Mathy,

C'est moi qui te demande pardon. J'ai compris. Je…

C'est toi qui avais raison. Toi, et le petit.
J'aurais dû… à la maison… Cultiver notre amour avant tout autre chose.
Trop souvent je me suis énervé pour un rien ;
je ne supportais plus ces règles qu'on impose,
et l'ennui d'un métier
Qui n'était pas le mien, que j'avais accepté
un beau jour, sans le vouloir, par souci de bien faire, de gagner ou de plaire…
Je ne peux plus continuer.

MATHILDE

Qui n'en croit pas ses oreilles.

Alors, ce coup de fil ?

PHILIPPE

C'était ma liberté !

MATHILDE

Mais, Philippe, je croyais…

PHILIPPE

Gabriel m'a changé.

MATHILDE

Gentiment.

Non, mon amour, il ne t'a pas fait changer.

Mais renaître à toi-même !
Car je t'ai retrouvé. Toi, le garçon que j'aime !
C'est toi qui me souris comme avant, comme jamais !
Gabriel a touché son papa qu'il connaît,
Il a tiré de toi le rythme, la cadence
De l'audace donnée,
Qu'il avait pu puiser dans sa petite enfance !
Il était calme et attentif ; il avait mon oreille absolue…
Oui, Gabriel chante ma lyre
Depuis tes contretemps : ton cœur aventurier, ton esprit vif, espiègle, cette curiosité têtue et débordante, je les retrouve en lui ! Oui ce sont eux, tu sais, qui m'ont émerveillée ! Qui m'ont bouleversée
Quand il courait vers ceux que d'autres, en travaillant,
Ne voyaient pas sourire, n'entendaient pas chanter…
Tu renais, mon Philippe, mais que s'est-il passé ?

PHILIPPE

Lui passant un bras autour de l'épaule.

Je ne sais pas, Mathilde, je crois…
Que le vent a soufflé sur mon rêve engourdi…

MATHILDE

Toi aussi, tu es retourné
Sur un lieu qu'il aimait ?

PHILIPPE

Sous le ciel de Chagall je n'ai plus résisté...
Où étais-tu, Mathy ?

MATHILDE

À Notre-Dame.

PHILIPPE

Les notes m'ont guidé...

MATHILDE

J'ai suivi la musique.
J'ai vu la cathédrale déserte, désolée.
Mais la *Pietà*, Philippe, était illuminée sur le marbre tranquille, par la poussière d'étoiles...
Gabriel étoilé !

PHILIPPE

Moi, je me suis perdu sous les couleurs chantées
Dans les parfums d'avril,
Je les ai écoutées...

MATHILDE

Et je t'ai retrouvé.
Peut-être que je rêve. Alors, c'est décidé ?
Tu quittes le commerce ? Tu reprends ta guitare ?

PHILIPPE

Oui, ma chérie, tu rêves, mais ce rêve,
Je viendrai désormais,
Je viendrai pour toujours le jouer avec toi.
Gabriel à nos lèvres, ma guitare et ton chant,
Gabriel à nos voix !

MATHILDE

Heureuse, bouleversée.

Je ne sais pas quoi dire…
Taquine. J'ai peur de t'énerver…

PHILIPPE

Redis-moi que tu m'aimes !
Et laisse-moi t'aimer.

Mathilde, rayonnante, lui glisse le bonnet bleu dans les mains.

PHILIPPE

Recevant le bonnet, incrédule.

Où l'as-tu donc trouvé ?

MATHILDE

Au chœur de Notre-Dame.

PHILIPPE

Tu… tu as pu entrer, après ce drame ?

MATHILDE

Espiègle.

Nous n'avions pas le droit… Je me suis faufilée !

PHILIPPE

Amusé.

Toi aussi ma chérie, Gabriel t'a changée…

MATHILDE

Oui, mon amour, c'est vrai. Gabriel en toi, Gabriel en moi,
Et Gabriel en nous…

PHILIPPE

Enfourchant sa moto.

Si madame veut bien se donner la peine…

MATHILDE

Euh… Philippe… Tu ne veux pas plutôt rentrer à pied ?

PHILIPPE

Qui rit.

Ma chérie ! Je ne vais tout de même pas la laisser,
Cette moto, toute seule, ici, sur le haut de la butte !
Elle est trop belle, on me la faucherait…
Allez, Mathy… Tu t'accrocheras à moi !

MATHILDE

Qui monte derrière lui.

Bon, c'est bien parce que c'est toi… *Il démarre en trombe.*

Scène 6
Poeta

POETA

Quelques jours ont passé depuis le vent des peines,
Et mon poumon braisé, aux mains des architectes,
Aux mains des ouvriers, exhale quand il peut quelque maigre soupir, qui n'est plus élancé ; malgré tout, qui respire.
Ma ville cicatrise et quand bien même elle saigne
Encore, et quand bien même
S'écoulera toujours la mort de son petit,
J'écris sur mon histoire ce silence
Et sa vie.
J'écris en lettres d'or sur des traits de lumière,
J'ai gravé sur ma pierre envolée, mon bois brûlé
Ma pierre demeurante

« Gabriel au sourire » et puis « L'enfant qui chante ».
Voyez ma ville qui s'apaise toute, Paris
Pérenne sous ma plume qui l'écrit.
On s'occupe de moi mais non plus de ma peine,
On veut me redonner ce souffle par la pierre
Et par la nouveauté. Moi, je sais que la pierre
Nouvelle, ne me soignera pas au fond du mal que j'ai.
Ce n'est pas elle qui pourra remplir au creux de moi le fossé sans amour creusé par les années
D'un Paris consommable qui veut me garder parce que je suis jolie, parce que je suis précieuse, parce que je suis ancienne,
Mais qui ne cherche guère à conquérir, une seconde fois, mon chant, ma profondeur qui blesse, ma teinte et ma beauté.
Un enfant a passé qui construisit un pont, mon arc-en-ciel,
Pour panser le fossé qu'il entendait gémir
Dans chaque monument, devant chaque peinture, en toute poésie chantée pour lui si faible ; Gabriel !
Il m'entendait pleurer parce qu'il écoutait. Ce petit que la vie

Ne lassait pas de dépouiller jusqu'au sang qu'il avait,
Ce petit m'a donné le rien qu'il possédait !
M'a donné de l'amour devant ma cathédrale, et même dans le métro, ce trait rapide qui survole ma terre
À l'envers, avec ses musiciens courageux, et près de cet autre plus lent qui la parcourt plus loin, à l'endroit cette fois,
Depuis ma vieille Saint-Lazare,
Et puis sur le trottoir. Sur le trottoir et sur la butte, quand bien même il était
Fatigué de monter avec son souffle court,
Agrippé à sa vie,
Suspendu aux étoiles que moi je lui prêtais sans cesse, par amour. Et par reconnaissance infinie, débordante, éternelle,
Tout mon cœur déversé aux mots de Gabriel, jusqu'à mes autres fils, mes autres filles aimés, qui pourtant, bien souvent,
Ne le méritaient pas. Quand bien même ils m'oublient, tous ces gens qui m'effleurent, qui me frôlent, sans jamais me toucher,
Sans m'entendre qui dit : « Je vous donne la beauté ! »
Quand bien même ils préfèrent le sceptre aux essentiels,
Le pouvoir à l'amour, les comptes aux alizés,

Les vains essais aux contes, et les films aux musées,

Je ne cesserai pas d'exister à l'arrière. Mon âme est immortelle car nourrie de tout ce qui en l'homme fait le mal sublimé, la douleur qui s'étonne, le cri émerveillé ; tout ce qu'il y a de noble, de grand et de sensible dans son cœur tiraillé

Vers une autre planète bien riche, mais sans âme, creuse, sans fleurs et sans musique.

En moi le réceptacle immense de la beauté

Du cœur de l'homme, en moi son ascension jusqu'à la vérité, cette montagne où les pierres s'amoncellent d'amour et de bonté, toutes simples, plus belles,

En moi le chant extraordinaire de cette citadelle

Que les hommes ont bâtie à force de souffrir

En aimant, de sourire et d'œuvrer plutôt que travailler.

Je suis le fond de toile à jamais perduré !

Les secrets de la vie qui se bat tout entière, je les prends sous mon aile, qu'importe d'où ils viennent sur Paris déployé

Plus loin que ses frontières,

Car je les monterai jusqu'au plus haut sommet

Des vœux de mes enfants qui rêvent la romance,

De ceux qui savent aimer
Et se laisser aimer.
Oui, je les gravirai en silence, moi-même.

Elle sort.

Scène 7
Philippe, Mathilde, Fred, Camille

Dans le salon-salle à manger des Berger. Mathilde dispose des fleurs sur la table pendant que Phil met le couvert.

MATHILDE

Joyeuses Pâques, mon amour.

PHILIPPE
Mélancolique.

Joyeuses ? Sans Gabriel, ce jour...

MATHILDE

Puisqu'il est avec nous !
Vivant depuis nos cœurs
Qui ne cesseront pas de l'aimer.
Une clochette retentit.

Je crois qu'on a sonné...

PHILIPPE

Ne bouge pas, j'y vais. *Il ouvre, paraît Fred, son carton à dessins à la main, Camille derrière lui.*

Fred ! Chez nous ? Quelle bonne surprise !

MATHILDE

Fred !

FRED

Gaiement.

Bonjour, monsieur Berger, bonjour, madame.

Il s'efface.

C'est Camille.

CAMILLE

Souriante.

Bonjour monsieur, bonjour madame.

MATHILDE

À Camille, qu'elle embrasse.

Appelez-moi Mathilde !

PHILIPPE

À Fred. Appelez-moi Philippe ! *À Camille.* Bonjour, mademoiselle… Tiens ! Mais je vous connais ?

À Fred. C'est votre fiancée ?

FRED

Rougissant.

Oh ! Presque… Vous avez deviné ? *Philippe lève les yeux au ciel et lui donne une tape dans le dos.*

CAMILLE

Je suis la pianiste de la gare, vous vous rappelez ?
Celle du *Roi et l'Oiseau.*

PHILIPPE

C'est vrai ! Mais alors, tous les deux,
Vous connaissez mon fils ?

CAMILLE

L'enfant au bonnet bleu qui joue avec les mots…
Qui chantait pour son père les notes de l'oiseau !

FRED

Mon petit apprenti fragile, Archangelo…

PHILIPPE

À part, d'un air absent. C'est pour moi qu'il chantait cette plainte à l'oiseau…

Puis, à Fred et Camille : Je comprends… Vous aussi, vous suivez sa musique ?

FRED

Frappé.

Comment le savez-vous ?

PHILIPPE

Je la poursuis aussi.

MATHILDE

Rêveuse.

Notre enfant de musique
Et ses présents ; l'amour
Et la beauté…
Vous restez déjeuner ?

FRED ET CAMILLE

Pêle-mêle, réservés.

Oh ! Merci… c'est que… ce jour…
Nous ne voulons pas déranger…

PHILIPPE

C'est jour de Pâques, allons !
Je vous en prie, restez. Gaby aurait été
Tellement, tellement heureux. Il est là, vous savez.

Il passe un bras autour des épaules de sa femme, ils se sourient. Il suffit d'écouter…

FRED

Qui ouvre son carton.

Je suis venu vous apporter
Un cadeau. Oh ! Ce n'est pas grand-chose.

Il sort le portrait pastel de Gabriel qui pose, son bonnet à la main.

Je me suis dit… que vous seriez touchés.
Que vous en auriez sans doute plus grand besoin que moi.
C'est un peu du petit qui pose, Gaby sans son bonnet…
Mon petit ange pâle aux joues roses, un beau matin,
La vie qui danse
Et puis s'éteint,
Le temps d'une allumette.

Philippe et Mathilde lui prennent chacun une main, Camille soupire. Tous ont les larmes aux yeux.

MATHILDE

Émue.

Merci, Fred. Je… c'est bien notre plus beau cadeau.

Lointaine. Le bonnet bleu, et la petite oreille…

PHILIPPE

Cachant son émotion, il ouvre un frigo à vin.

Alors, on débouche une bouteille ?

Scène finale

Philippe, Mathilde *puis* Gabriel, Poeta

Dans la chambre de Gabriel. Entrent Philippe portant marteau et clous et Mathilde qui tient un cadre dans une main, et le portrait de son fils dans l'autre.

MATHILDE

Soupesant la toile.

J'aimerais l'encadrer… au-dessus de son lit.
Qu'en dis-tu, mon chéri ?

PHILIPPE

C'est possible. Il rentre dans le cadre ?

MATHILDE

Qui l'observe sous tous ses angles.

Oui, ça devrait aller…
Ce Fred est adorable. Je suis contente de l'avoir rencontré.
Et Camille ! Un puits de sensibilité. Un mont de grâce.

PHILIPPE

Il faudra les réinviter à dîner. *Il positionne le cadre sur le mur.*

Ça va comme ça ?

MATHILDE

Penchant la tête, sceptique.

Hum… juste un peu plus à gauche… *Philippe le déplace.*

Un rien plus haut… un doigt plus bas…
Plus à droite, Phil, plus à droite…

PHILIPPE

Soupirant.

Alors, tu te décides, oui ?

MATHILDE

Encore un millimètre plus bas…
Ça va comme ça !

PHILIPPE

Qui râle.

Bon Dieu ! Que c'est indécis, une femme !

MATHILDE

Avec malice.

J'ai cru que tu allais t'énerver…

PHILIPPE

Qui se détend.

Bah ! J'ai un sale caractère,
C'est pour ça que tu m'aimes, non ?

MATHILDE

Je t'aime sans raison.
Sans raison raisonnable d'aimer.
Parce que c'est toi. C'est dit.

PHILIPPE

Touché, change de sujet.

Ma Mélodie, il faut qu'on le travaille, ce concert de lundi…

MATHILDE

Levant les yeux au ciel.

Oh ! Ne dis plus ce mot ! Ce n'est pas un « travail ». C'est un dialogue, une œuvre, un chemin d'aventure,
C'est une cathédrale !

PHILIPPE

Il faut qu'on le répète, alors ?

MATHILDE

Non… Il faut qu'on le chante !

PHILIPPE

Qui ne comprend pas.

Mais puisque tu n'as pas encore choisi
Ta partition ?

MATHILDE

Le trait du cœur, l'inspiration…
Je chanterai dans Notre-Dame,
Toute ma joie, mes larmes,
Déposées sur ma voix par mon petit garçon.

PHILIPPE

Sais-tu ce que je vais jouer, quelle chanson ?
Celle qui portera au monde le souffle pur
De mon grand p'tit garçon…
Qui touchera les cœurs sur mes cordes en mesure
Depuis les contretemps de la vie, lorsqu'elle meurt,
Et qu'elle vit, quand même, en musique, en peinture,
Jusqu'au bout, jusqu'au fond, pourvu qu'on la retienne, pourvu qu'on la répande, pourvu qu'on la murmure…

MATHILDE

Qu'elle ne tarisse pas, perpétuée sur nos lèvres

Qui clameront la vie ! Qui souffleront la mort terrassée par l'amour et les petits sourires !
Me la chanterais-tu, Philippe, cette chanson
Que tu pourras jouer,
Qui touchera les âmes, quand moi, j'aurai chanté ?

PHILIPPE

Empoignant sa guitare, il s'assied sur le lit.

Je vais te la chanter. *Mathilde le regarde avec amour, puis ferme les yeux.*

MATHILDE

Que j'aime à t'écouter !

Philippe commence à jouer sur sa guitare. Entre Poeta qui porte Gabriel vivant dans ses bras. Le petit, tout de blanc vêtu, porte son bonnet bleu à la main. Les bras autour du cou de Poeta, qui lentement fait le tour de la petite chambre, il répand sur le sol quelques pétales de rose, souffle avec sa main des baisers à ses parents, puis vers le dôme du Sacré-Cœur qui pointe à la fenêtre, aux passants dont on perçoit, au loin, les pas sur le pavé.

PHILIPPE

Petit bonhomme qui chante,
Mon ange qui sourit,
Écoute-moi jouer
Ce que tu m'as appris

Quand tu me regardais...

Mes cordes sont vivantes,
Mon bois est accordé
Aux notes de ta vie
Petite vie volée,
Petite vie volée...

Ma cadence souffrante
Au rythme de ton pouls
Qui s'emballe, qui gémit, se retire
Puis se tait pour mourir
Puis se tait loin de nous.

La peine violente
Arrachée aux arpèges
C'est moi qui joue encore
Ton visage de neige
Tes paupières fermées.

L'accord, c'est toi qui chantes,
Tu dis les harmoniques
Sur mes doigts consolés ;
Au chemin de musique
Tu seras ma portée.

Mélodie du cancer
Je te proclamerai !
Et la voie étonnante

Et la voie difficile
Multipliée, touchante,

Pour l'enfant si fragile
Mon petit qui renaît,
Et dans les cœurs qui chantent
Celui qui partageait
Celui qui consolait…

Maladie en concert
Comme une valse lente
Que je perpétuerai
Sur ta voix envolée
Époumonée, constante

Petite vie donnée
Petite vie donnée…

Remerciements

Je remercie de tout cœur ma petite famille pour son encouragement musical, ainsi que mes amis Mathilde, Pauline et Wandrille pour leur soutien unique, enthousiaste et littéraire.

Je remercie particulièrement Marie Leroy, merveilleuse éditrice aux conseils délicats et enjoués, ainsi que sa collaboratrice Jeanne Pois-Fournier, pour leur travail inspiré sur ce livre.

Merci à Beya Rebaï pour les couleurs aériennes de son illustration talentueuse et touchante.

Je remercie également Annie-Laurie Clément, Carine Barth et Valérie Beuf pour leur collaboration passée, présente et à venir à l'édition et au rayonnement de cet ouvrage, ainsi que toutes les personnes qui de près ou de loin ont participé à sa publication.

Enfin, je remercie profondément les deux petits malades qui ont croisé ma route, pour ce regard pur et émerveillé qu'ils ont prêté à Gabriel.

RÉALISATION : NORD COMPO
IMPRESSION : NORMANDIE ROTO IMPRESSION S.A.S. À LONRAI (ORNE)
DÉPÔT LÉGAL : MARS 2020. N° 145560 (1905957)
IMPRIMÉ EN FRANCE